홀로 왈츠를 추며

홀로 왈츠를 추며

초판 1쇄 인쇄 | 2024년 01월 29일
초판 1쇄 발행 | 2024년 02월 15일

지은이 | 김근호
펴낸이 | 김용길
펴낸곳 | 작가교실
출판등록 | 제 2018-000061호 (2018. 11. 17)

주소 | 서울시 동작구 양녕로 25라길 36, 103호
전화 | (02) 334-9107
팩스 | (02) 334-9108
이메일 | book365@hanmail.net

인쇄 | 하정문화사

ISBN 979-11-91838-19-0 03810

* 책값은 뒤표지에 표기되어 있습니다.
* 잘못 만들어진 책은 구입처에서 교환해 드립니다.

홀로 왈츠를 추며

김근호 지음

나도 정을 몇 번 더 만나서 둥근 돌이 되어 사랑하는
사람과 함께 그저 바람이 부는 대로 부드럽게 굴러가고 싶다.
그러고 보니 나는 여전히 욕심이 많은가 보다.

작가교실

둥근 돌은 부드럽고 예쁘게 보인다. 면이 부드럽고 색깔이 고울수록 비싸다. 그래서 사람들에게 사랑을 받는다. 감성적일수록 더 좋아한다. 그러므로 둥근 돌은 사치스러운 곳에 사용하는 것 외에는 별로 쓸모가 없다. 집을 지을 때 둥근 돌로 기초를 할 수 없다. 적어도 여기에 콘크리트로 부어야 한다. 담장을 쌓는데도 둥근 돌만으로는 쌓을 수 없다.

반면에 모난 돌은 날카롭고 예민해 보인다. 면이 거칠어 사람들은 다칠까 봐 외면한다. 그러나 이성적인 사람은 그를 더 좋아한다. 사치품이 아닌 집을 짓거나 담장을 쌓는 데 유용하기 때문이다.

그런데도 부모는 자식에게 모난 돌이 되는 것을 말린다. "모난 돌이 정 맞는다."라는 옛말을 들먹이면서.

나도 둥근 돌이 되어 둥글둥글 살아가고 싶다. 그런데 사람들은 나를 보고 모가 나서 싫다고 한다.

말단 공무원 시절, 농지전용허가 업무를 보면서 이런 말을 많이 들었다. 농민들이 논 한 귀퉁이에 축사를 짓고 소 한 마리라도 키워야 자식들 공부도 시키고 결혼도 시킬 수 있다며 농지전용을 신청하면 두말없이 신고가 수리되도록 도와드렸다. 그 시절만 해도 당연히 되는 것을 사례를 받고 해주던 시절이었지만 나는 대가를 바라고 해준 적은 없다.

간혹 윗분이 허락하지 않으면 행정심판 서류도 만들어 드렸다. 그런데 들려오는 소문은 "저 사람은 FM이라서 절대로 법에 어긋나는 짓은 않는다." "당연히 되기 때문에 해주는 거야."라는 말이었다. 좋은 말을 들으려고 한 짓은 아니지만 섭섭한 마음은 금할 길 없었다.

두 살 때 아버지를 여의고 힘들게 사시는 어머니 슬하에서 자라서인지 나의 얼굴은 그늘져 보였다고 한다. 아마 그래서 사람들은 나를 보고 그렇게 생각하는가 보다 하고 혼자 달래기도 했다.

그렇게 세월은 흘렀다. 그리고 나는 결심했다. 둥근 돌보다는 차라리 주춧돌로 쓰이는 모난 돌이 되자고. 비록 내 손을 잡아주는 이 없어도 홀로 왈츠를 추며 살자고.

지은이 김근호

| 목차 |

1. 여유로운 봄날

2. 화려한 시절

3. 모난 돌에 비친 세상

4. 홀로 왈츠를 추며

1

여유로운 봄날

당신은 구월에 핀 코스모스

원주시 간현역에서 레일바이크를 즐긴 시간은 영영 잊지 못할 거야.

깜깜한 터널을 지날 때 불을 밝히지 않은 것은 당신과 나를 위해서라고 생각하고 우리는 누가 먼저랄 것도 없이 입맞춤했다.

눈치도 없이 바짝 뒤따라오는 팀이 너무 밉다.

길어야 할 시간이 어쩔 수 없이 짧아졌다.

햇빛이 여름 한복판보다 더 강하게 내리쬐는 날인데

당신은 신나게 페달을 밟는다.

칠순을 바라보는 여인의 다리가 젊은 여인보다 더 강하게 보인다. 이렇게 즐거운 데 왜 이제 왔을까 싶다.

레일 옆 언덕에 핀 구월의 코스모스가 열아홉 처녀처럼 싱그러워 보인다.

내 옆에서 힘차게 페달을 밟는 여인이 구월에 핀 코스모스처럼 보인다. (9/19)

남자의 겨울 오후

50대 중반인 남자는 아침부터 컴퓨터 앞에서 열심히 자판을 두드린다. 점심을 먹고 난 뒤 담배 한 대를 피우고 또다시 자판을 두드리기 시작한다. 이 작업이 10일 전부터 시작된 것 같다. 지난 6개월 동안 방황했던 날들을 되새기면서 자판을 두드린다.

이윽고 오후 참때가 되었을 때 책상을 짚고 일어선다. 밝은 표정이 아니다. 남자는 지나간 시간들은 고단한 삶이었음을 느낀다. 과거를 안고 살아야지 하면서도 완전히 내려놓지를 못한다. 기록이라도 남겨놓고 다음 일을 시작하려는 모양이다.

아침부터 잔뜩 찌푸린 날이라서 뭔가 예사롭지 않다고 생각했는데 드디어 창밖에 눈발이 날린다. 남자는 다시 책상 앞에 앉지 못하고 외투를 걸치고 나가 자동차 시동을 걸었다.

이 시간이면 가야 할 곳이 있는데도 그곳으로 가지 않는다. 전보다 많이 변했다. 전에는 그가 없으면 안 되는 것으로 생각하고 적극적으로 참여했는데 이제는 다르다. 그가 없으면 더 잘될 수도 있으며, 세상엔 꼭 정해놓고 가야 할 곳은 아무 곳도 없다면서 무작정 차를 몰고 간다. 무작정 가는 것 같으면서도 자기도 모르게 마음 가는 곳으로 가고 있다. 어제 해 질 무렵 뵙고 싶어서 갔다가 뵙지 못한 비구니 스님이 계시는 곳이다. 말이야 다람쥐 놀고, 낙엽 쌓인 오솔길을 따라가는 재미가 커서 간다지만 그것보다 훨씬 더 많은 이유가 있어 보인다.

동갑내기 비구니 스님은 남자를 반갑게 맞이한다. 그러면서도 기다리기 싫으면 가라는 듯 한참 후에 찻잔을 놓는다.

남자는 무릎 위에 놓인 여자의 손등과 팔목을 예사롭지 않게 쳐다본다. 아직도 탄탄하고 빛나는 여자의 손등과 팔목에 그 남자의 눈빛이 깊숙이 꼽힌다. 물을 끓이는 전기포트에 김이 날 때쯤 남자의 눈길은 여자의 팔목을 거슬러 겨드랑이까지 올라간다. 그다음엔 가슴을 돌아서 배꼽 아래로 내려간다. 아직도 탄탄한 뱃살을 어루만지고 이어서 더 아래로 더듬어 내려간다. 여자의 소유인 작은 숲을 지나 오솔길로 접어드는데 여자의 입에서 말이 나온다.

"걸림 없이 살자고 애써 보지만 그래도 잘 안 됩니다."

그 말에 남자는 너무 반가워 아래로 내리깔던 눈을 들어 여자의 얼굴을 쳐다보면서 작업을 시작한다.

"스님은 생긴 모습은 한없이 여성스러운데 자태와 눈빛이 너무 당당합니다."

이 기회를 노린 듯 비구니 스님은 남자를 보고 말한다.

"마음이 편안할 때 다시 오세요."

창밖에는 어둠이 내리고 있었다.

남자는 다음을 기약하며 산사에서 나왔다. 오솔길 모퉁이를 돌아 비구니 스님이 보이지 않는 곳에서 주차하고, 참았던 오줌을 쏟아낸다. 산골짝의 찬 바람이 거세게 불어온다. 비로소 다른 세상에 도착했음을 느낀다.

평소에 미워했던 그 남자의 모습이 나타난다. 그 음흉스러운 얼굴이 점점 커지면서 남자 앞에서 멈춰 선다.

"그래, 맞아! 내 모습도 이 남자를 닮았어. 나도 남자야."

y=ax+b

초등학교 3학년 때 처음 곱셈을 배웠다. 산수 시험지에 10=3×□+4에서 □속에 들어갈 숫자를 구하는 문제가 자주 나왔다. 중학생이 되었을 때는 □라는 도형 대신에 x라는 로마자를 이용하여 10=3x+4에서 x가 무슨 수인가를 푸는 계산식을 배웠다. 이어서 왼쪽의 숫자 대신에 y를 넣어 y=ax+b에서 x가 변하는 만큼 y도 따라서 변한다는 방정식을 배웠다. 여기서 b는 y의 절댓값으로서 x와 상관없이 y가 가지고 있는 수를 말하며, a는 x가 가지고 있는 일정한 수준을 말하므로 x의 상수라고 한다.

사람을 두고 말한다면 a는 x라는 사람의 평소 습관이나 품성을 나타낼 수 있고, b는 x와 상관없이 y라는 사람이 원래 타고난 절대적 인격으로 나타낼 수 있을 것이다.

나는 어린 시절 시골 학교에서 공부를 잘한다는 칭찬도 들어보았지만, y=ax+b가 일상생활을 발전시키는 해법이 될 수 있다는 것은 전혀 모르고 자랐다.

이후 청년이 되어 직장내 인사업무를 보면서 조직의 발전은 공정한 인사관리가 으뜸이라고 생각하고 D대학 경영대학원에서 인사관리 전공 석사과정을 공부한 때가 있었다. 전공필수과목인 응용통계학을 공부하면서 회귀분석이라는 단원을 접하게 되었는데 회귀(回歸)라는 말이 너무 어렵게 보여 아예 이 단원은 포기해 버렸다. 그런 만큼 석사학위 논문은 표준편차만을 적용하여 결론을 도출하고 논문심사위원회에 제출했었다. 심사 과정에서 통과는 되었지만 요즘 같으면 통과되기 어려운 난감한 논문이었다. 당시에는 컴퓨터가 대중화되기 전이라 논문작성이 너무 힘들어 다시는 학위 논문은 쓰지 않겠다고 결심했다.

그런데 또 학위 논문을 작성할 일이 생겼다.

김해시의회에서 의정활동을 할 무렵 학교급식을 함에 있어 보편적 실시와 선별적 실시를 두고 정치권은 물론 학부모간 서로 다투게 되었고 결국은 사회적 이슈가 되었다. 따라서 나는 시의원으로서 사회복지에 대한 정확한 개념 파악이 필요하다고 생각하고, E 대학원에서 사회복지학 박사과정을 이수한 후, 기초지방자치단체에서 사회복지예산을 확보하는 데 어떤 요인이 결정적으로 영향을 미치는가를 분석하는 논문을 쓰게 되었다.

예산확보와 관련 있는 자치단체장, 정당별 의원 수, 재정자립도, 기초생활수급자 수, 복지공무원 수 등 각각의 요인을 x로 하고, 이 각각의 독립변수인 x의 성향에 따라 사회복지예산액인 y가 어떻게 나타나는가를 분석하려면 회귀분석 기법을 적용하지 않고는 논문작성을 완성할 수 없다는 것을 알게 되었다.

통계학에서 회귀분석은 너무 어려워 보여 늘 피해 왔던 단원인데 이제 와서 회귀분석을 이해하지 못하면 박사학위 논문을 작성할 수 없다고 생각하니 눈앞이 캄캄해지는 것 같았다.

뒷골 여우를 피하면 앞산에 범을 만난다는 옛 어른들의 가르침이 가슴에 와닿았다. 석사과정에서 회귀분석에 대하여 충분히 숙지했더라면 박사학위 논문도 쉽게 작성할 수 있을 텐데 하고 후회하게 되었다. 그렇다고 마냥 스스로 책망만 하고 있을 수는 없어 응용통계학 책을 다시 펴들었고, 회귀분석에 대하여 처음부터 읽고는 깜짝 놀랐다. 회귀분석을 위한 회귀방정식이 중학교 때 배운 y=ax+b라는 방정식을 독립변수만큼 각각 계산하여 그것을 연관 지어 분석하는 것임을 알았기 때문이다.

회귀라는 낱말 하나에 지레 겁을 먹고 손도 대지 않고 포기했던 나 자신이 너무 부끄러웠다.

y=ax+b라는 방정식을 사용하는 회귀분석 기법은 특히 사회과학의 여러 분야에서 활용되고 있으므로, 진작에 알았더라면 복잡하고 어려운 업무도 쉽게 분석하여 합리적인 대안을 제시했을 것이다.

예를 들면 기업의 매출액은 제품의 가격(독립변수 a), 주변 인구수(독립변수 b), 판매원의 수(독립변수 c) 등에 의해 영향을 받는다고 가정하면, 이러한 각각의 독립변수들을 분석하여 매출액(종속변수)에 어느 변수가 영향을 많이 끼치는지를 파악할 수 있을 것이다. 이 경우 어떤 변수를 어떻게 변화시키면 매출액이 어떻게 변화할지를 예측할 수 있으므로 경영에 대한 객관적 지표를 얻을 수 있을 것이다.

최근에는 우리들의 삶 속에서도 y=ax+b라는 계산식에 의하여 인간관계가 형성되고 있음을 알게 되었다. 같은 마을에 살고 있는 돌이와 순이의 관계를 y=ax+b의 방정식에 대입해 본다. 종속변수인 y를 순이로 보고, 독립변수인 x를 돌이로 본다면, a는 돌이가 순이를 평가할 때 주변의 환경과 관계없이 순이에 대한 고정관념의 수준이다. y의 절댓값인 b는 어느 누가 보아도 인정하는 y의 일정한 수준을 말한다. 그러므로 '순이=순이에 대한 돌이의 고정관념×돌이의 변화 수치+순이의 절대적 가치'로 표현할 수 있다. 이 함수식에 의하면 돌이가 순이에 관한 생각이 어떻게 변하느냐에 따라 순이도 돌이를 대하는 태도가 달라지는 것을 알 수 있다. 이처럼 아주 간단한 수식이지만 우리의 삶에 교훈적 의미를 보여준다.

나의 노력에 따라 또는 나의 배려에 따라 상대방과 결과물이 다르게 나타남을 알 수 있는 인과(因果)의 법칙이다. 즉 내가 어떻게 살아가느냐에 따라서 상대방 또는 가족과 사회에 미치는 영향은 달라진다. 그 결과 나로부터 영향을 받고 달라진 상대는 달라진 만큼 다시 나에게 영향을 미친다는 것을 알게 해주는 법칙이다.

이렇게 쉽고 편리한 인과의 철학이 중학교 때 배운 y=ax+b라는 간단한 방정식에 녹아있음을 깨닫기까지 수십 년의 세월이 걸렸다.

나의 고향 장유

장유는 대한민국의 남단, 김해시의 서부에 위치한 지역이다.

지형을 살펴보면 해가 뜨는 동남쪽으로 돌출되어 있고, 팔판산을 중심으로 남쪽으로는 굴암산으로 이어내려 바다와 가깝지만 여름철 태풍 피해가 적은 곳이며, 서쪽으로는 불모산으로 이어져 창원과 경계를 이루고, 다시 추월산이 북쪽으로 흘러내려 내륙의 진례면과 경계를 이루고 있어 태양을 맞이하는 동쪽을 제외하고는 산으로 둘러싸인 지형을 이루고 있다. 따라서 같은 위도상의 다른 지역에 비하여 여름에는 시원하고 겨울에는 따뜻한 편이며 안정되고 화목한 기가 흐르는 곳이다.

물은 서에서 동으로 흘러 조만강에서 모두 합세하여 남쪽 바다인 태평양으로 흐른다.

장유에서 살아온 사람에게서 예나 지금이나 선량하고 유순함을 볼 수 있는 것은 우람한 산을 끼고 살아온 지리적인 영향을 크게 받았다고 보인다.

이런 장유에서 태어나고 살아감에 대하여 감사하고 있다. 누군가를 만나면 우리 장유를 자랑하고 싶기 때문이다. 그중에서도 내가 무척 고집스럽게 자랑하는 것은 세 가지가 있다.

첫째는 김해에서 가장 먼저 우리 장유면 수가리에 사람이 살았다는 것이고, 두 번째는 장유가 한국불교의 성지이며, 끝으로 세 번째는 일제의 총칼 앞에서도 용감하게 불의에 항거한 1919년 4·12 장유의거가 있었기 때문이다.

장유의 자랑 중에서 첫 번째로, 장유면 수가리에 사람이 들어와 살았다고 하는 시기는 지금으로부터 5천~7천여 년 전이라고 한다. 이는 바다와 접하면서도 깊은 산이 있어 수렵과 어로에 적합한 지리적 조건을 갖추었던 곳임을 말해주고 있다. 이후 수천 년의 세월 따라 낙동강의 홍수로 바다가 퇴적지로 됨에 따라 장유에는 서낙동강과 이어주는 조만강이 만들어지고 이 강이 바다와 육지를 잇는 교통수단이 되었다. 내륙으로는 낙동강을 따라 멀리는 경북 안동과 상주까지 물물교환이 이루어졌고 바다로는 일본과 중국 등의 무역이 성행하는 관문이 됨으로써 우리 장유는 계속하여 신문물을 받아들이는 곳이 된 것이었다.

그러나 일제 강점기에 들어와 강 위에 다리가 놓이고 김해평야를 태평양전쟁의 식량 보급을 위한 곡창지대로 만들기 위해 녹산 수문을 설치함에 따라 수로가 끊기고 말았다. 반면에 육로가 발달하기 시작하여 우리 장유의 교통은 동서남북으로 도로가 확장되어 점점 더 편리하게 되었다. 드디어 동쪽으로는 김해를 거쳐 북부산에 이르고, 서로는 창원과 진해 마산을 이어주는 터널이 생겼으며, 남으로는 서부산과 가덕도 신항만으로 연결되며, 북쪽으로는 밀양과 대구, 창녕으로 이어진다. 또한 30분이면 대저에 있는 김해국제공항에 도착할 수 있어 그야말로 편리한 곳이다.

신도시가 건설되기 전 장유면 계동마을을 거쳐 창원으로 넘어가는 도로가 군청에서 관리하는 군도가 아닌 도청에서 관리하는 지방도(1020선)임을 알고는 큰 아쉬움을 느꼈다. 장유는 지리적으로 교통의 요충지라 머지않아 장유와 창원 간 터널이 뚫리고 지역 주민의 의지보다 앞서 크게 발전할 곳임을 알았다. 나의 예측대로 터널이 뚫리고 얼마 후 신도시가 건설되기 시작되었고, 지금도 계속되고 있다.

아득한 신석기 시대에 김해에서 처음으로 장유면 수가리에 사람이 왔던 것처럼 장유는 지형상 교통의 요충지이므로 외지로부터 끊임없이 사람이 찾아올 것으로 본다. 사람이 찾아올 수 있는 여건을 갖춘 곳이야말로 최고의 자랑거리이다.

두 번째는 장유가 한국불교의 성지이기 때문이다. 나는 여기서 불교를 특정 종교와 비교하여 내세우고자 함은 전혀 아님을 분명히 밝힌다. 그러면서 장유가 한국불교의 요람이요 성지임을 자랑하는 것은 일세기 중반대의 불교는 선진문화이므로 이 선진문화를 우리 지역에서 수용할 수 있었다는 것은 타 부족의 주민에 비하여 장유인의 정신세계가 뛰어났다는 것이다.

여기서 잠시 장유가 불교의 성지라고 하는 데 대한 반론이 심할 것 같아서 가락국 허왕후의 오빠인 장유화상을 모시고 있는 추월산의 장유사(구 장유암)에 대하여 간략하게 살펴보고자 한다.

고려시대 일연 스님이 편집한 '삼국유사(三國遺事: 釋一然 1270~1280년경)'에서 "수로왕의 8대손 질지왕이 원의 29(452)년 임진에 수로왕과 허왕후가 합혼하던 땅에 절을 세우고 왕후사라 이름 지었다. 사자를 보내어 그 가까운 곳에 있는 평전 10결을 측량하여 삼보(三寶)에 공역하는 비용을 삼았다. 이 절을 세운 지 500년 뒤에 장유사가 창건되었는데 이에 바친 토지가 300결이나 되었다. 이에 장유사의 삼강(三剛)이 왕후사가 동남쪽 장유사의 절터 안에 있다고 하여 왕후사절을 없애고 장(莊)을 두어 가을에는 곡식을 거두고 겨울에는 저장하는 장소와 말을 먹이고 소를 기르는 마구로 삼았다."라고 기록하고 있다. 여기서 왕후사 창건 후 500년 뒤라고 한 것이 사실이라면 장유산(태정산)의 장유사는 서기 952년에 창건되었으므로 고려시대 초기라고 볼 수 있다. 이에 대하여 최근에 민긍기 교수는 '김해의 지명'〔2004. 김해문화원 발간〕에서 "삼국유사의 기록을 생각할 때 장유사는 왕후사와 가까운 거리에 있어야 하는데 왕후사 터에 세운 임강사가 장유면 응달리에 있고 보면 응달리 가까운 어딘가에 장유사가 있어야 하므로 현존의 장유사(일명 장유암)는 당시의 장유사와는 아무런 관련이 없는 것으로 생각된다."라고 쓰고 있다.

장유사에 대한 또 다른 역사적 기록으로 1544년에 주세붕(周世鵬)이 지은 '장유사중창기(長遊寺重創記)'가 있는데 이를 살펴보면 "스님 천옥(天玉)이 가락에서 왔다. 그가 말하기를 '빈도가 가락의 장유사를 고쳐 지었는데 병신(1536)년에 시작하여 다음 해인 정유(1537)년에 마쳤습니다. 집이 60칸이고, 불전은 순전히 황금을 사용했으며, 붉은 단청을 썩었습니다. 사치하고 아름답기가 남방에 제일입니다'라고 하였다."라는 구절이 있다. 따라서 장유사는 1500년대 중반까지 건재했다는 것을 알 수 있다. 그러나 여기에서 장유사도 추월산에 있는 현존의 장유사(장유암)로 보기에는 어렵다. 왜냐하면 현재의 장유사 가람이 60칸 집을 지을 정도로 넓은 공간이 없고 주변이 경사도가 높아 건축하기가 매우 불편하기 때문이다. 그러므로 '장유사중창기'에 나오는 장유사는 삼국유사에 나오는 장유산(태정산)의 장유사가 맞는다고 보며, 그 위치는 왕후사지라고 본다.

이후의 사료에서는 현존의 추월산에 있는 장유사가 등장하는데, 살펴보면 '김해부읍지(金海府邑誌)'(1801~1813)에서는 "장유암이 김해도호부에서 서쪽으로 30리 추월산(秋月山)에 있다."라고 하였다. 따라서 '김해부읍지'에서는 장유사가 현재의 추월산에 있는 장유사(1981년까지는 장유암이라 불렀음)임을 구체적으로 지칭하고 있다.

추월산(秋月山)이 아닌 장유산에 대해서는 대동여지도와 김해부읍지에도 등장하고, 신증동국여지승람(新增東國輿地勝覽, 1530)에도 "장유산이 김해도호부에서 남쪽으로 40리에 있다."라고 기록되어 있으므로 서쪽의 추월산에 있는 현존의 장유사와는 방향이 너무 다름을 나타내고 있다.

위에서 언급한 사료들을 고려해 볼 때 추월산에 현존하는 장유사는 장유산의 왕후사(임강사, 태장사)와 장유사가 건립되기 전에 있었던 절이다. 허왕후 신행길을 수행한 허보옥 선사가 김해에 와서 열반할 때까지 살았던 곳으로 볼 수 있다. 따라서 수로왕 때부터는 왕후의 오빠가 거주하는 집으로 관리되어 오다가 그 뒤 가락국 질지왕이 왕후사를 창건하고 난 뒤부터 그 말사로 관리되고, 서기 952년 장유사가 건립되었을 때부터는 장유사의 암자로 관리되었고, 이후 장유사가 소실되었을 때부터는 장유암

자체로 유지됐다고 본다. 따라서 장유화상을 모시고 있는 추월산의 장유사를 삼국유사에 나오는 장유사로 보아서는 곤란하다고 생각한다. 현존의 장유사는 현재 대한불교 조계종단 소속인 부산 범어사의 말사로 운영되고 있다.

한편, 삼국유사에서 가락국 허왕후가 인도의 아유타국에서 왔다고 전하는 기록에 대해서는 허왕후의 오빠(허보옥)가 승려이기 때문에 당시의 민간인들이 천축(天竺 : 인도)에서 왔다고 생각한 것이 구전된 것을 진실로 알고 기록한 것이 아닌가 하는 추측을 해볼 수 있다. 추측대로 설사 허왕후 일행이 인도의 아유타국-아요디아로부터 온 것이 아니라 해도 삼국유사의 가락국기에서 "왕후가 '한'의 사치스러운 여러 물건을 가지고 왔다."라는 기록을 보더라도 한은 중국과 가까운 지역이므로 이미 인도에서 불교가 전해 내려온 곳으로 볼 수 있고, 여기서 이미 불교를 깊이 터득한 허보옥 선사는 부귀영화를 버리고 누이를 따라 남방으로 왔다고 볼 수 있으므로 우리 장유가 한국불교의 성지라는 점은 의심할 여지가 없다고 본다.

그러므로 우리가 사는 장유는 우수한 정신적 사상을 수반한 불교가 우리나라에서는 가장 먼저 뿌리내린 곳이므로 자랑스러운 것이다.

칠불산의 칠불암은 수로왕 아들 7 왕자가 득도하기 위해 부모에게서 멀리 떨어진 곳을 택해 간 곳이라고 보며, 왕자의 숙부인 허보옥 선사의 지도를 받았다고 볼 수는 있으나, 허보옥이 지리산에서 열반했다고는 볼 수 없다. 장유에 장유화상을 모신 장유사(구 장유암)가 있기 때문이다.

끝으로 장유 사람됨에 대한 자부심을 품고 내세우는 것은 1919년 「4·12 장유의거」이다.

1919년 3·1독립운동은 전국적인 독립 만세 시위로 전개되었는데 3월 30일 밤 김해 읍내에서 가장 먼저 시작되어 3월 31일과 4월 5일에 하계면 진영시장, 4월 11일에 명지면 명호시장을 휩쓸고, 드디어 4월 12일 장유면 무계리에서 가장 치열한 의거운동으로 절정에 달하였으며, 4월 16일 김해 읍 이동의 시위로 끝을 맺었다.

4월 12일 장유의거는 김해시에서 일어난 독립운동 중에서도 가장 조직적이고 대규모로서 무려 3천의 군중이 결집하여 독립 만세를 부르고 헌병 파견소를 포위하여 일대 시위를 벌임으로써 3명이 순국(殉國)하고 십수 명이 투옥됨으로써 우리 장유동 사람들의 얼을 새겨볼 수 있는 사건이었다. 따라서 김해시 단위의 3·1절 독립운동 기념행사는 매년 장유면 용두산정에서 개최하고 있다.

장유인은 팔판산, 불모산, 추월산 등의 깊고 높은 산기슭에서 살아온 탓에 높고 낮음을 아는 지혜를 배웠다고 생각한다. 그러므로 장유인은 언제나 자신의 위치를 지키면서 남의 것을 넘보지 아니하며, 때로는 모진 태풍까지 막아주는 웅대한 산의 정기를 받고 살아왔기에, 일제처럼 이웃의 영역을 침범하는 파렴치한에게는 분연히 일어나 목숨을 초개같이 여기고 대항했다. 이처럼 장유인의 가슴속에는 평소에는 온유하면서도 불의를 보고는 굴하지 아니하고 이웃을 사랑하며 웃어른을 공경하는 정신이 흐르고 있다. 바로 이러한 것이 장유인의 정신이다.

최근 신도시 조성으로 외부에서 전입한 사람들의 수가 날로 늘어가고 있다. 장유에 오기까지 어디서 무엇을 했든 이곳 장유에서 살게 되면 장유인의 정기가 흐르게 된다. 팔판산, 불모산, 추월산 등의 기운을 받기 때문이다.

이처럼 장유는 지형적으로 사람이 살기 좋은 터전이며, 여기에서 우수한 문화를 받아들이고 또한 타인에게 전수하는 열린 사람들이 살아오고 있다. 그래서 장유는 깊은 정신세계의 터전이자 충과 의를 세워 불의에는 용감하게 대항하는 의리 있는 사람들이 살아왔던 곳이기에 나는 이곳 장유를 사랑하며 자랑한다.

(1998년 봄)

파장

내일이면 처서다. 아열대화가 진행되고 있다고 해도 아직은 절기가 맞는지 지난 며칠 전부터 가을 기운이다. 시원하게 불어오는 밤바람은 아직은 덜 익숙한 탓인지 나를 울적하게 만들어서 오히려 싫다.

세상을 우습게 여기면서 살아온 탓인지 요즘은 잘 되는 일이 하나도 없어서 초조하고 우울한 날이 대부분이다. 오늘 밤은 명치 밑이 불편해서 만져보니 뭉클한 것이 손에 느껴지고 아프다.

별스럽게 잘 먹은 것도 없는데 아프다는 것은 음식 탈은 아닌 것 같고 오늘 낮에 내내 긴장했던 탓이라고 생각하고 걸으면 좀 나을 거라는 기대감으로 밤 10시쯤 집을 나섰다.

율하천을 따라 걸었다. 매일 걷는 길이지만 오늘은 명치 밑의 뭉클한 것을 풀어야 하고 초조한 생각들을 정리할 필요가 있다는 뚜렷한 목적이 있다. 관동리와 율하리를 잇는 만남교와 건강교는 밤을 더욱 아름답게 한다. 만남교는 지붕이 있고, 건강교는 다리 빔이 없고 철선으로 교각을 당기고 있는 현수교로서 주변에 보기 드문 모양을 하고 있다. 두 다리가 모두 조명이 잘되어 있어 더욱 돋보인다. 평소에는 시민들이 많이 찾는 곳인데 오늘 밤 따라 한 사람도 보이지 않는다. 거무스름한 나뭇가지에 걸려 있는 하얀 하현달이 너무 처량하게 보인다고 느낄 때, 물컹하고 발이 빠지는 것을 느꼈다.

신도시 조성을 하면서 지난봄 언덕에 잔디를 깔고 큰 나무들을 심었다. 지난여름까지 비가 적당히 온 관계로 잘 자랐다 싶었는데 엊그제 많이 내린 비로 군데군데 잘린 땅의 흙이 흘러내려 길바닥에서 진흙탕을 이루고 있는 것을 모르고 걷다가 빠져버린 것이다. 건강달리기하는 것도 아니라서 쇠가죽으로 만든 편한 구두를 신고 나왔는데 구두 전체가 진흙 범벅이 되어버렸다. "김해시장은 이런 것을 제때 정리 안 하고 뭐 하고 있지." 나도 모르게 입에서 불평이 흘러나왔다. 신발을 물에 씻을 생각으로 계단을 따라 물가에 갔다. 갑자기 푸드덕하고 새가 날았다. 물고기 사냥을 하다가 나를 보고 놀란 모양이다. 오리보다는 날씬해 보였는데 밤이라서 무슨 새인지는 알 수 없었다. 두 마리가 나는 것으로 보아 부부같이 보인다.

미안한 생각이 들었다. 구두를 깨끗이 씻고 다시 산책길을 따라 걸었다. 한 백여 미터쯤 걸었을 때 조금 전에 본 그 새인 듯 보이는 두 마리가 물받이 밑에 서서 물속을 쳐다보고 있다. 나는 걸음을 멈추었다. 이제는 고의로 새 두 마리를 지켜보기 시작했다. 고기가 보이지 않는지 한참 그대로 서 있다. 담배를 한 대 꺼내서 끝까지 피울 때까지 그대로 서 있었다. 나도 그들을 지켜보기 위해 아예 쭈그리고 앉았다.

이제는 공연히 새들에게 돌을 던지고 싶은 마음이 생겼다. "만일 내가 저 새들을 쫓지 아니하면 결국은 오늘 밤 물고기 몇 마리는 저 새들의 밥이 될 거야." 물고기를 보호할 것인가 저 새들을 쫓아버릴까, 하는 고민에 빠졌다. 쫓는다면 그 새들은 다른 곳에서 물고기 사냥을 할 것이다.

괜히 이러고 있는 내가 부끄럽게 생각되었다. 그대로 두면 생태계가 자연스럽게 유지되고 조절될 텐데, 불필요한 간섭은 생태계를 파괴하고 불필요한 곳에 에너지를 소비하는 것 같다는 생각이 들었다.

불필요한 곳에 비싼 에너지를 소비하는 일이 비단 이 찰나 나의 마음뿐이겠나 싶다. 파장은 규제나 간섭으로 일어난다. 규제나 간섭은 그 순간에도 에너지가 필요하지만, 그 결과를 처리하는 데는 더 큰 에너지가 필요하다.

나는 이런 이유로 규제와 간섭을 매우 싫어하는 사람 중의 하나다. 왜 불필요한 규제와 간섭으로 많은 인력과 시간을 낭비하는지를 늘 불만스럽게 생각해 왔다. 많이 가진 자들과 덜 가진 자들의 싸움을 통제하기 위한 것이라면 치안유지에 필요한 최소한의 규제와 간섭 외에는 없애야 한다고 생각해 왔다. 그런데 우리나라는 대부분 특정인을 보호하기 위해 아무런 보상도 없이 일방적으로 상대를 규제하고 간섭하는 경향이 많다.

어느 농부가 산전 논을 팔고 여기다 평소 저축한 돈을 보태서 물 대기 좋은 우량농지를 샀는데 어느 날 정부에서 절대농지로 규제함으로써 공장을 지을 수 없게 되자 상대적으로 논값이 떨어지고, 반면에 기업인이 공장을 세우기 위해 산전 답을 사들임으로써 천수답이던 논이 금싸라기가 되어버렸다. 이처럼 정부의 규제에 따라 시장의 원리가 깨어지고 알뜰하게 노력한 자가 손해 보는 결과를 낳았다. 이 결과는 나쁜 파장이 되어 끊임없이 여러 사람에게 영향을 미친다.

부동산 거래규제도 그렇다. 그대로 두면 선택의 원리에 의하여 수요공급이 조절되어 균형 시장이 형성됨에도 불구하고 정부는 오래 참지 못하고 금리 조절은 그대로 둔 채 거래에 대해서만 규제와 통제를 해왔다. 그 결과 정부는 끊임없이 시장에 개입해야 했었고 간섭함으로써 국력의 낭비를 초래하게 된 것이다. 이런 일은 중요하다 하여 고등고시 합격자가 맡아왔던 실정이다.

도심지 도로 확장도 그렇다. 사람들이 모여들어 조금만 소통이 불편해도 멀건 집을 헐고 보상한다. 그대로 두면 당분간은 도로가 협소해지고 소통이 불편해지지만, 이런 현상이 계속되지는 않는다. 그래도 이곳에 계속 살겠다는 사람들과 반면 이곳을 떠나서 외곽으로 가서 살아야겠다는 사람들 간에 자연스럽게 조정되는 것이다. 이런 식으로 세월이 흐르면 바로 문화재가 되고 관광자산이 되는 것이다. 그 좋은 예가 유럽이다. 옛날에 마차가 다니던 길이 그대로 있고 그 좁은 길로 아무 불만 없이 승용차가 일 방향으로 다니고 있다. 덕분에 그들은 엄청난 관광 수입을 올리고 몇백 년 지난 선조들의 숨길도 느끼면서 미래를 꿈꾸며 살고 있다.

그런데 우리나라는 기득권자들의 지지를 받기 위해 도로를 확장하고 건물의 용적률을 높여줌으로써 정부의 예산 낭비는 물론 부동산 투기를 가져왔다. 그 결과 옛것은 찾아보기가 힘들고 우리의 정체성은 잃어가고 있다. 이런 것 말고도 수없이 많다. 정부나 공공기관에서 하는 일은 그의 대부분이다. 나는 이처럼 필요 없는 규제와 간섭을 지시받고 행하는 일에 대하여 자부심을 가질 수 없었고, 여기서 종사하는 나의 삶에 대하여 회의를 느껴오다가 결국 이런 일을 조금이라도 최소화하고 남아도는 에너지를 인간답게 사는 일에 쏟을 수 있는 사회를 만들어야겠다는 생각으로, 남들이 부러워하는 시청에서 정년을 한참이나 남겨두고 퇴직했다. 그 후 목적한 바의 실현을 위해 두 번이나 기회를 놓치고 요즘은 엎드려 살고 있다.

이때다 새가 한쪽 다리로 땅을 짚고 서 있었는데 몸을 받치는 다리를 바꾸었다.

결국 저 새 두 마리로 인하여 풀려고 나온 배 속 응어리가 더 굳어가는 것 같은 기분이 들어서 또 담배 한 대를 꺼내 피웠다. 담배가 다 탈 때까지 그대로 서 있었다. 내가 지켜본 시간이 한 30분은 충분히 지난 것 같은데 그대로 서 있었다. 먹이를 구하기 위해서는 새들에게도 참을성이 있어야 하는 것 같다. 평균수명이 80년인 사람도 30분은 길다고 생각하는데 하물며 삼사 년 정도 사는 새라면 엄청난 시간인데 지금까지 입질 한 번 해보지 못하고 서 있는 새가 요즘 들어 엎드려 살고 있는 나의 모습 같아서 이제는 안쓰러워 보인다.

마침내 두 마리의 새는 의논을 했는지 일시에 푸드덕 날았다. 이곳은 더 이상 있어 봐야 별 볼 일 없다는 것으로 판단한 것 같았다. 나도 일어섰다. 또 걸었다. 돌팔매질을 안 하고 그대로 둔 것이 잘했다는 생각이 들었다.

관심을 가지면 파장이 생긴다. 좋은 일에 관여하는 것은 좋은 파장이 생기지만 그렇지 못할 경우는 스트레스를 주고받는다.

또 하나의 멍에

열대야의 밤이다. 자다가 개가 짖는 소리에 잠이 깼다. 우리 집 개 '케인'이 컹컹거린다. 낯선 방문객이 와서 짖는 소리가 아니고 주인인 나를 찾는 소리다. 배가 고프거나 컨디션이 안 좋을 때 나에게 날리는 말이다. 어쩌면 케인의 소리보다는 내 자신이 힘들어서 깨었는지도 모른다.

숨이 턱 막힐 것 같다. 바람 한 점 없고 무더운 밤이다. 시곗바늘은 새벽 두 시를 가리키고 있다. 선풍기를 켜니 대번에 시원해지고 숨이 막히는 느낌이 바로 없어졌다. 케인도 시원하게 해줘야 하는데 엄두가 나지 않는다. 어떻게 해야 할지 막연하게 생각만 하고 머릿속으로만 고민하고 있다.

케인의 집과 나의 침실은 20미터쯤 떨어져 있다. 그 사이 텃밭이 있어 밤에 풀숲을 걸어가는 것도 내키지 않고, 또 창고 속에서 선풍기를 찾고 전기선도 연결해야 하는 번거로움 때문에 오늘 밤은 이대로 자기로 하고 다시 잠자리에 들었다. 막 깊은 잠이 들려고 하는데 또 케인이 껑껑하면서 나를 찾는다. 나는 짜증이 나서 플래시를 비추며 "들어가!" 하면서 고함을 질렀다. 무슨 소린지 알아들은 케인은 자기 집 안으로 들어갔다. 무덥고 모기도 많은 곳에서 열대야의 밤을 보내야 하는 케인을 생각하니 지금까지 참았던 짜증들이 한꺼번에 올라온다. 개를 키우면 어떤 애로사항이 있는지 좀 더 자세하게 생각해 보지도 않고, 집이 넓어서 한 마리쯤 있으면 좋겠다는 막연한 생각으로 거금을 주고 데리고 온 것이 나를 힘들게 할 줄은 미처 몰랐다. 한 며칠 집을 비울 때는 누군가에게 부탁해야만 되고, 자주 목욕도 시켜 주어야 한다.

사노라 걱정거리가 한둘이 아닌 데 개 한 마리까지 나를 힘들게 한다는 생각이 든다. 흔히 하는 말로 사서 고생하고 있다.

이처럼 나에게 스트레스를 주는 '케인'이라는 개는 이탈리아산의 카네 코르소(Cane Corso) 종인데, 이름처럼 악마같이 무섭게 생겼다. 특히 마스크가 험악하게 생겨서 마피아들이 타인의 접근을 피하고자 경비견으로 키웠던 개라고 한다. 내가 케인이라고 이름을 지은 것은 '카네'가 영어로 '케인'이라고 읽어지는 것을 따서 지은 이름이다. 딱히 특별한 이름을 짓는 것보다는 자신의 혈통을 말하는 이름이 좋겠다는 생각에서다. 그런데 우리 집에 사는 케인은 이름값을 못 하는 순둥이다. 이 순둥이가 태어난 지 3개월이 되었을 때 우리 집으로 왔다. 어릴 때 뛰놀던 그곳에 비하면 내가 지어준 시멘트 벽돌집은 호텔 격이다. 그러나 방안에 사람들과 같이 사는 데 비하면 여전히 우리 케인의 주거환경은 취약한 편이라고 볼 수 있다. 겨울엔 그나마 괜찮지만, 여름엔 모기떼에 노출되어 있어, 모기장을 설치해 주려 했는데 차일피일 미루다가 지금까지 미루고 있다. 한여름 대낮에는 나무그늘 밑에서 자유롭게 쉴 수 있도록 풀어놓고 싶지만, 우리 집은 울타리가 없어 풀어 놓을 수도 없다. 혼자 두고 자동차에 올라 밖으로 나갈 때도 신경이 쓰인다. '저놈도 얼마나 나가고 싶을까!' 생각하면 안쓰럽기도 하고 미안하기도 하다. 그럭저럭 우리 집에 온 지도 2년이 넘었다. 이제는 40kg이 훨씬 넘는 거구가 되어 목욕시키는 것도 신경이 쓰이고, 완전히 성숙하여 수놈의 상징이 뚜렷하게 보이는데도 장가를 보내줄 수 없는 것까지 마음에 걸린다. 내가 어릴 때는 개들이 길거리에서 자연스럽게 짝짓기하는 모습을 볼 수 있었는데 이제는 주변 사람들 때문에 마음대로 할 수 없도록 항상 목걸이를 채워둔다. 그런데도 주인을 볼 때마다 꼬리를 흔드니 더욱 마음을 아프게 한다.

자유를 구속하는 이 삭막한 도시보다는 마음껏 뛰놀 수 있는 과수원 같은 곳으로 보내주고 싶지만 다 자라서 그런지 거들떠보는 사람이 없다.

이처럼 나는 케인이란 개 때문에 또 다른 멍에를 목에 걸고 살아간다.

“그렇게 힘들면 그냥 놓아주면 되지 않느냐.”고 쉽게 말하는 사람도 있다. 그런데 나는 이런저런 일로 그를 구속하고 있고, 또한 그로부터 스스로 구속당하고 있다. 그러면서 한편으로 나를 위해서도 아니고 그를 위해서도 아니며, 서로를 위해서는 더더욱 아닌 또 하나의 멍에에서 벗어나는 길을 나는 찾고 있다. 그가 이 사실을 알고 있는 것 같아서 한없이 미안한 날도 있었다.

(2016년 팔월 한밤중)

여유로운 봄날

봄날 아침 햇살이 참 좋다. 서울에 사는 아들 생각이 난다. 지난 연말에 게임 프로젝트가 완료됨에 따라 회사에서 쫓겨났다. 그러잖아도 더 나은 회사로 가기 위해 그만두려던 참이었는데, 막상 회사를 나오니 새 직장을 구하기가 어려워 보인다. 그동안 번 돈과 실업수당을 받아서 아직은 여유가 있겠지만 하루하루 초조하고 불안한 마음은 이루 말할 수 없을 것이다.

나 역시 그런 때가 있었다. 24살 때, 자신감이 넘쳐 공직을 그만두었다가 힘들었던 때가 있었다. 결국 다시 공무원 시험을 응시해서 합격했지만, 그런 나를 지켜본 어머니 마음은 어떠했을까 싶다.

따사로운 봄날인데도 방구석에만 들어앉아 있을 아들이 걱정되어 전화기를 들었다.

"산하야, 아직도 자나?"

"예, 아버지. 조금 전에 일어났는데 아직도 이불 속입니다."

서른이 넘어도 여전히 거짓말 하나 못하는 걸 보면 누구를 닮아도 너무 닮은 것 같다.

"날씨가 너무 좋다."

"그렇죠. 이제 완연한 봄날입니다."

"방구석에만 있지 말고, 고궁에도 가보고, 백화점도 가보고, 공원에도 가봐라. 그래도 너는 네가 좋아하는 일을 하고 있으니, 행복한 사람 축에 서 있는 사람이다."

"네, 그래요. 그러잖아도 오늘 밖에 나갈 일이 있어요."

"빨리 직장을 구하지 못하면 아버지 보기에도 그렇고, 여자 친구에게도 체면 안 서고, 등등 그런 생각은 할 필요 없다. 네가 하고 싶은 대로 하면서 살아라. 먹을 것이 없으면 그 정도는 내가 도와줄 수 있다."

"고맙습니다. 아직 그 정도는 아닙니다."

"심지어 결혼을 빨리해서 대를 이어야 할 텐데 하는 생각까지도 할 필요 없다."

"아! 네- 아버지 정말 감사합니다. 아버지께서 먼저 말씀을 주시니 제가 한결 마음이 가볍습니다. 다음엔 제가 먼저 전화를 드리겠습니다."

"그래, 고맙다. 무슨 일 있으면 전화해 주고, 잘 지내라."

"네, 아버지. 오늘 정말 감사합니다. 아버지의 아들 잘살겠습니다."

따뜻한 봄날 탓인지 아들에게 전화하고 나니 자식들이 어리던 옛 생각이 난다. 맞벌이하느라 아내도 애들 공부에 도움을 주지 못했다. 아내가 설거지하는 동안 가끔 애들을 데리고 산책하면서 공부를 체크하곤 했었다. 산수 공부는 딸애보다 아들놈이 더 힘들어했었다. 하루는 아들에게 물었다.

"갑돌이가 가지고 있는 엿 1/3과 갑순이가 가지고 있는 엿 1/3 중에서 누구의 엿이 더 크다고 생각하니?"

"각각 1/3씩 가지고 있으니 같습니다."라고 답했다.

그때 나는 우리 아들에게 논리적인 판단력을 길러줘야 한다는 욕심으로 말했다.

"아빠가 제시한 문제에서는 누구의 엿이 더 큰가를 알 수 없다. 왜냐하면 갑돌이와 갑순이가 가지고 있는 엿은 원래 똑같은 엿이라는 조건을 제시하지 않았기 때문에 알 수 없다는 것이다. 그렇지만 갑돌이가 가진 엿은 아빠 팔목만큼 굵고 갑순이의 엿은 너희 누나 팔목만 하다라고 조건을 제시하였다면 같은 1/3이지만 아빠 팔목만큼 큰 갑돌이 엿이 더 크다고 할 수 있겠지."

초등학교 3학년 아이를 데리고 이런 얘기를 했으니, 지금 생각하면 욕심이 너무 과했다는 생각이 든다. 그렇지만 그 후부터 교육 방법이 달라져야 한다는 생각이 늘 머리에 남아 있었다. 모든 사물은 인과의 법칙에 따라 서로 영향을 주고받으며, 그 결과 새로운 과(果)를 생성하며 변화하고 있음에도 우리나라 교육은 독립적이고 고정된 하나의 개체에 대한 개념 주입 위주의 교육으로 보였기 때문이다.

지난해는 장유초등학교에서 1일 명예 교사 초빙이 있어 6학년 교실에 들어간 일이 있었다. 조숙한 학생들이 많은 6학년 교실에서 2시간 수업을 어떻게 진행해 갈 것인가를 미리 고민했었다. 내가 중학교에 다닐 때 수업 시간에 여선생님의 커다란 엉덩이만 상상하던 경험이 있었기 때문이다. 다행히도 진행하는 동안 계속 나의 얘기에 주목해 주어서 고맙게 생각한다.

그날 나는 수업 주제를 "재미나게 공부하는 방법"으로 정하고 시작하기 전에 학생들에게 먼저 질문을 하였다.

"여러분 요즘은 계절적으로 봄입니다. 그리고 지금 시간은 오전 10시가 조금 넘었습니다. 여기서 보니 (남동쪽을 가리키며) 해가 저기 떠 있네요. 이 교실에서 남쪽은 어느 쪽입니까?" 나의 질문에 아무도 대답하지 못했다. 예측이 틀리기를 바랐는데 맞아버렸다. 내가 초등학교 6학년 자연 시간에 오목렌즈와 볼록렌즈를 배우면서 빛이 직진함으로 빛의 집합과 분산, 그리고 그림자에 대해서 알았다. 또한 태양을 중심으로 돌고 있는 떠돌이별을 배우면서 지구는 23.5도 기울어져 자전함으로 태양 빛의 직진으로 인해 그림자가 생기고 그림자가 모여 사계절을 만들며, 적도와 극지방에도 생명이 살 수 있는 여건이 조성된다는 것을 알게 되었다. 23.5도는 90도의 약 1/4이므로 사계절이 생긴다는 것은 어른이 되어서 알았다. 아무튼 지금은 내가 어린 시절이었던 1960년대보다 모든 부문에서 엄청나게 발달하였지만 앞서 지적한 바와 같이 단편적 개념 주입 위주의 교육으로 서로 연결하는 능력이 부족할 것으로 보고 질문해 보았다.

여유로운 봄날이다 보니 지난날들이 꼬리를 물고 떠오른다.

문상 다녀오는 길

어제 어머니의 친구 한 분이 94세의 나이로 돌아가셨다. 장유 신도시가 조성되기 전까지 한마을에서 같이 살던 어머니 동년배 친구분들이 10여 명 정도였는데 이제는 어머니 한 분만 남으셨다. 어머니도 그리 오래 사시지 못할 것 같다는 생각이 들어 마음이 짠하다.

코로나 감염 관계로 부의금만 보내려고 하다가 평소 어머니와 친하게 지내시던 분이라서 빈소를 찾았다. 이제는 고인이 된 그 분의 명복을 빌고 장례식장을 나와 타고 온 차에 올랐다. 차는 자동처럼 집으로 굴러가고 나는 지나간 어린 시절의 기억에 잠긴다.

우리 어머니는 방년 29세가 되는 1956년 음력 10월에 홀로 되셨다. 내 나이 만 두 살 때였는데 나는 그때의 일을 선명하게 기억하고 있다. 아버지는 천장에 달린 링거를 맞고 계셨다. 어느 날은 누군가의 등에 업혀 낮고 좁은 방문으로 들어오시는 모습도 눈에 선하다. 그 후 아버지가 돌아가신 장면은 기억에 없지만 삼베 치마저고리를 입고 동편 부엌에서 일을 하시는데 내가 어머니 뒤에서 치마를 잡고 응석을 부렸고, 나의 그 모습을 보고 계시던 친지 몇 분이 혀를 차며 뭐라고 말씀하시던 것도 기억하고 있다.

동네 어머니 친구분들은 남편이 없는 과부댁이 편하다 보니 자연 우리 집에 자주 모이게 되었고, 누나 친구들도 엄한 어른이 안 계시다 보니 자연적으로 자주 우리 집에 모여서 놀았다. 그때가 1960년대여서 대부분 가난했고 세상도 어수선할 때였다. 우리 집에 놀러 오신 젊은 아주머니들과 누나 친구들로부터 동네 소문은 물론 사회적 이슈까지 다양한 얘기들을 접하게 되었다. 그때 들은 얘기들이 무슨 의미인지는 잘 몰라도 자주 사용하던 단어와 그 단어가 나타내는 심각성은 느낄 수 있었다.

어머니 친구분들은 주로 남편과 있었던 성적인 얘기들을 자주 했으며, 심지어 자신과 남편의 성행위 흉내까지 내면서 배꼽을 움켜잡고 깔깔대기도 하셨는데 그분들로부터 세상 얘기를 들은 기억은 없다.

어제 돌아가신 그분은 시골에 농사를 짓고 살아도 유달리 피부가 희고 부드럽게 생긴 데다 성격도 낙천적이어서 마을 남성들로부터 인기가 많을 것같이 보였다. 반면 어머니는 검은 피부에 얼굴도 미인이 아니라서 남자들로부터는 인기가 없을 것 같았다. 나는 다른 애들보다 성적인 면이 발달한 것 같았다. 그래서인지 우리 어머니는 남성들에게 인기가 없어서 혼자 사는 것 같이 보였는데, 동네 사람들은 나를 만날 때마다 "네 엄마는 너 하나 보고 살아가니 어머니께 잘해야 한다."라는 말을 들려주셨다. 그때마다 나는 그들이 무식하게 보였다.

내가 초등학교에 다닐 때는 아무것도 모르고 논 세 마지기 종부로서 사대 봉제사를 올리며 힘들게 사시는 어머니에 대하여 그저 안타깝게 생각하고 먼저 세상을 떠난 아버님을 원망하기만 했었다. 그러다 고등학교에 다닐 때부터는 어머니가 관능적으로 생겼다면 어느 남자가 우리 어머니를 그냥 두었겠냐 싶었다.

"어머니는 피부는 검어도 가슴이 크고 궁둥이도 풍만하고 잘 생겼으니 돈 많은 남자 꼬아서 재혼하시면 되는데 이렇게 힘들게 살 필요가 있습니까." 하고 자주 어머니의 심기를 불편하게 해드렸다. 그때마다 "예이 빌어먹을 놈"이란 욕을 얻어먹었다.

이제는 어머니로부터 욕먹을 기회조차 어렵게 되었다. 재작년 연말에 복도에서 넘어져 고관절이 부러진 후부터 요양병원에 계신다. 요양병원에서 나날이 야위어 가는 어머니의 모습을 뵐 때마다 삶의 말로가 너무 비참하다는 생각이 든다.

지나간 이른 봄 목련이 하얀 꽃을 피웠을 때 어머니는 무척 집에 오고 싶어 하셨지만 코로나 감염 관계로 모시지 못했다. 내년

봄까지 살아 계신다면 어떻게 해서라도 단 며칠이나마 목련이 탐스럽게 피는 우리 집에 모셔 올 생각을 해본다.

큰누나 친구들로부터는 당시의 정치적 사건에 관한 얘기를 들었던 기억이 있다. 내가 초등학교 입학하기 전 일곱 살이 드는 해가 1960년도인데 그해 4월 19일 날 학생들과 시민들이 반독재민주주의 운동을 일으키고 그 과정에서 마산 이주열 학생이 처참하게 죽었다는 얘기를 들었다.

옛날 기억을 돌이켜보면 당시는 자유에 대한 이념적 기반이 부족한 사회였다. 어린 친구들 사이에서 힘센 아이가 가만히 있는 약한 동료를 발로 차고, 맞은 아이가 항의하면 "내 자유다, 왜?" 하고는 오히려 큰소리치는 세상이었다. 정치는 물론이고 사회 구석구석에 도둑과 조직폭력배들이 기승을 부리던 시대였다.

이듬해인 1961년에는 정부의 무능과 사회 혼란을 구실로 박정희 장군이 주도한 군사 정변이 일어났다는 얘기도 들었던 기억이 난다.

군사혁명에 성공한 군부는 국가재건최고회의를 구성하여 이미 준비되었던 〈혁명 공약〉을 발표하였다. 학교에서는 아침 조회할 때마다 교무 선생님이 혁명 공약을 선창하고 학생들은 따라서 구호를 외쳤다. 지금까지도 기억나는 것은 〈혁명 공약〉 제1호, 반공(反共)을 국시의 제일로 삼고 반공 태세를 재정비 강화한다. 라고 시작하는 구호다.

나는 어릴 때 공산주의는 공동으로 생산하고 그 결과를 똑같이 나눠 가진다고 배웠으므로 공산주의는 참 좋은 것으로 알았다. 그 후 어머니로부터 아버지의 사망에 관한 얘기를 들은 후부터는 그들을 증오하게 되었고 나의 원수가 되었다.

북한이 소련과 중공을 등에 업고 남침을 시도했을 때 아버지는 징집되었고, 그로 인해 수류탄 파편을 맞았고 허벅지에 총상을 입었으며, 1953년 7월 27일 휴전협정에 의하여 간신히 집에 오시긴 했지만, 그 후유증으로 나를 종자로 남기고, 사랑하는 아내를 홀로 남겨둔 채 세상을 떠나셨다. 나는 그 말씀을 듣고부터는 너무 억울하고 분했다. 항상 두 주먹을 불끈 쥐고 내가 어른이 되면 육군 대장이 되어서 저 흉악한 공산국가를 쳐부숴 버리고 말겠다는 의지를 다지면서 어린 시절을 보냈다.

이 세상에 공산주의 국가는 한 곳도 없으며 오로지 일당 독재와 일인 독재 나라가 있을 뿐이라고 생각하게 되었을 때는 그리 오래되지 않는다. 이런 것을 보면 나는 기억력은 좋았으나 두뇌가 그리 좋지 않았다는 생각이 들면서도 한편 아직도 중공과 북한 같은 곳을 공산주의 국가라고 생각하는 사람이 더 많다는 것을 보면 내가 머리 나쁜 사람은 아니구나 하고 위안을 얻기도 한다.

요즘은 공산국가란 이름을 감추고 사회주의국가라는 그럴싸한 이름으로 포장하여 똑같이 잘사는 전체주의를 지향한다는 허구로 국민의 자유와 생산 체제를 통제하고 있다. 나라도 생명이 있다. 언제 사라질지를 모르기에 지배자는 영원한 것처럼 꾸미며 살고 있고, 약삭빠른 피지배자는 기회주의자로 변하고 있다.

장례식장에서 우리 집까지의 거리가 자동차로 15분 거리인데 옛 생각을 하다 보니 어느새 우리 집 마당에 도착했다. 나는 차에서 내리지 않고 한동안 하던 생각에 다시 빠져들었다.

어머니 친구분이 우리 집에 놀러 와서 깔깔대고 즐거워하시던 그 모습을 본 때가 엊그제 같은데 그분도 이승을 떠나셨다. 세월이 흐르면 세상 모든 것도 그렇게 흘러가듯 사람도 언젠가는 사람의 형체를 벗어난다. 그러고는 주변의 물질과 끊임없는 반응을 일으키면서 새로운 개체로 변한다. 살고 죽는 것은 사람이 지어낸 말이고 우주 전체로 보면 본래의 섭리라고 볼 수 있다. 누구나 피할 수 없이 가야 할 길이라면 내가 바라는 세상은 아직도 요원하다 하더라도 언제든지 가볍게 떠날 수 있는 준비를 평소에 할 필요가 있다고 생각해 본다.

내 생각이 어두워서 그런지 불 켜진 방이 아무 데도 없는 우리 집 밤 풍경이 어쩐지 서글퍼 보인다.

(2021. 8. 27.)

바람

지구 축이 23.5도로 기울어져 태양 주위를 공전하기 때문에 위치에 따라 공기의 온도가 다르다. 태양열을 받아 데워진 공기는 가벼워서 위로 올라가고, 그 빈 공간을 찬 공기가 메우고 다시 찬 공기는 태양열로 데워져 위로 올라가는 움직임을 우리는 바람이 분다고 말한다.

태양은 일정한 방향으로 열을 뿜고 있지만 결국은 지구가 움직여서 바람을 만드는 것 같다. 바람의 종류는 다양하다. 낮과 밤이 다르고 사계절마다 다르며 산들바람이 있는가 하면 태풍 같은 강한 바람도 있다.

그런데 자연 바람 외에 사람이 만들어 내는 바람도 수없이 많다. 땅속에 있는 광물을 태워서 열을 이용함으로 생기는 물리적 바람도 있고, 권력의 힘으로 사람을 움직이는 바람이 있는가 하면, 지나가는 사람의 마음을 설레게 하는 바람도 있다.

바람이 왜 부는지도 모른 채 바람을 타고 즐기는 사람들이 있는가 하면 바람이 나서 힘들어하는 사람도 있다. 나는 누구나 좋아할 것 같은 선선한 바람을 만들어 보고 싶다. 2018년 7월 19일. 열대야 속에서 선선한 바람을 만나고 싶나 보다.

반용산 만날제 추억

장유에는 큰 산이 세 개 있다. 무계리에서 남서쪽으로 보면 큰 봉우리가 두 개 보이는데, 미사일 기지가 있는 왼쪽 봉우리는 팔판산 정상이고, 조금 오른쪽으로 송신탑이 보이는 곳은 불모산 정상이다. 서쪽으로 보이는 용지봉은 추월산 정상이다.

팔판산 정상에 오르면 산 아랫마을에서 보는 것과는 다르게 억새가 무성한 넓은 평원이 자리하고 있다. 이곳은 명당이라서 묘를 쓰면 삼정승 육판서가 나온다는 전설이 있다.

팔판산 정상에서 내려와 신안, 덕정, 화촌, 죽림마을이 있는 관동리와 상점, 계동, 대청마을이 있는 대청리를 가르고 신문리 용산마을에서 끝을 맺는 산이 반용산이다.

내가 태어나고 자란 곳은 반용산에서 북쪽으로 보이는 추월산 기슭의 계동마을이다. 계동마을에서 보면 남쪽으로 보이는 앞산이다. 내가 어릴 때도 지금처럼 우리 마을에서 덕정마을로 가는 찻길이 반룡산 중간을 통과하고 있었다. 원래는 재를 넘는 오솔길로 되어 있었는데 일제 강점기에 산의 정기를 끊기 위해 산허

리를 자르고 도로를 개설했다는 말이 있다. 신도시가 조성되기 전만 해도 비가 부슬부슬 내리는 날이면 사람을 해치는 산짐승과 귀신들이 나온다고 하여 그 부근에는 접근을 피했던 곳이다. 지금은 갑오마을에서 덕정마을로 가는 8차선 도로가 시원하게 놓여있어 으스스한 기운을 느낄 수 있는 잔재는 찾아볼 수 없다.

반용산은 장유의 중앙에 위치하고 정상이 해발 100미터 남짓한 야트막한 산이라서 오르내리기가 어렵지 않은 곳이다. 그래서인지 추석 그다음 날엔 만날제 행사가 이뤄졌다고 한다. 시집간 새댁과 친정엄마가 반용산 정상에서 상봉하여 가져간 음식을 나눠 먹으면서 그간의 안부를 묻고 회포를 풀었다고 한다. 만나지 못했을 때는 이웃에 사는 사람들에게 서로의 안부를 묻기도 했다고 한다.

처음엔 이렇게 시작되었는데 세월이 흐르면서 이날만은 정상에서 남녀가 함께 어울리는 날이 되었다고 한다. 여기에 맞춰 방물장수가 와서 전을 차리고 음료수나 아이스케키를 파는 사람도 올라와서, 산 정상은 젊은이들을 위한 시장이 되었다고 한다.

내게는 두 명의 누나가 있는데 누나들은 추석 때마다 반용산에 다녀오곤 했다. 나도 따라 가고 싶었는데 어리다고 데려가지 않았다. 그래도 좋은 것은 누나가 반용산에 다녀오면 호루라기,

풍선, 국군 계급장을 그린 종이 딱지 등을 선물로 사 왔기 때문이다. 그래서 반용산에 가지 못했지만 추석을 기다렸고, 그 기다림은 설렘이 되었다. 그때 그 설렘은 1960년대 먹을 것이 없어 허덕이는 우리 또래들에게 다소 과장된 표현일지는 모르지만, 어린 시절을 통과하는 버팀목 역할을 했던 것 같다.

내가 초등학교 3학년 때 맞이한 추석 다음 날, 큰누나의 손을 잡고 반용산을 향하여 집을 나섰다. 마을 앞 벼가 익는 갑오뜰을 지나 산으로 올랐다. 정상이 가까워져 오자 호루라기와 풍선을 파는 사람들이 있고, 여자애들이 좋아하는 머리핀과 러닝 같은 옷도 팔았다.

드디어 산 정상에 올랐다. 내가 태어나서 최초로 오른 산 정상이었다. 산 아래 펼쳐진 세상을 보고 크게 감동했다. 무계리, 삼문리, 부곡리, 유하리 등의 마을은 학교에 다니면서 많이 보았기 때문에 크게 느낀 점은 없었으나, 우리 마을에서 내려간 대청천 물이 범동포로 흘러가고 또다시 끝없이 이어지고, 그 강을 따라 펼쳐진 넓은 뜰이 장관이었다. 남쪽으로는 율하리, 장유리, 응달리 마을이 보였는데 우리 동네와 비슷한 초가집들이 보였다. 산 아래 모든 것들이 나의 발굽 아래 펼쳐지자, 나는 갑자기 백마를 탄 장군이 되어 수많은 군사를 호령하는 기분이 들었다.

이때 갑자기 청년들의 싸움 소리가 들렸다. 얼굴에 피를 흘리면서 패싸움하는 모습들이 보였는데 그중에 한 무리는 내가 잘 아는 우리 동네 청년들이었다. 저 사람들은 이 좋은 곳에 와서 왜 싸울까, 하는 생각에 잠겼다. 도무지 알 수가 없는 이와 비슷한 현상들이 살아오면서 줄곧 느껴왔다. 중학교 다닐 때 담배 달라고 해서 없다고 하면 발길이 올라오고, 고등학교 쉬는 시간에 떠들면 조용히 하라고 주먹을 휘두르는 깡패 반 애가 있었다. 이쁜 여학생과 해운대 백사장을 걸으면 꼭 시비를 걸어오는 짐승들이 있었고, 군대 내무반에서 눈이 마주치면 왜 쳐다보느냐면서 발길이 올라왔다. 이럴 때마다 어린 시절 반용산에 올라갔다가 피를 흘리며 싸우는 그 모습들과 연결되어 꼬리를 물고 나에게 화두를 던졌다. 왜 사람들은 뚜렷한 명분도 없이 피를 흘리며 싸우는가 하는 의문에 사로잡히는 날이 많았다. 꼬리를 물고 일어나는 화두에서 벗어나고자 나름대로 책을 보기도 하고 고민해 보았지만 끝내 깨닫지 못하고 결국은 자신의 영역을 넓히려는 짐승들의 원시적 본능이라고 결론을 지어 버렸다.

내가 어릴 때 반용산 만날제를 통하여 간직한 추억의 의미를 돌이켜보면 기다림을 통해 인내심을 길렀고, 인내하면 이룰 수 있다고 자신을 얻은 것 같다. 산 정상에서 새로운 것을 발견하고 감탄하며 자라다보니 새로운 것을 발견하고자 하는 욕망이 내 몸에 뿌리내렸고, 그 욕망이 고된 삶을 이겨낼 수 있는 지팡이가 되어주었다.

정상에 오르면 군림할 수 있다고 열심히 살아왔으나, 군림하면 고독하고 결코 행복할 수 없다는 지혜도 얻게 되었다. 싸움질하는 청년들을 보고 보잘 것 없는 일에 피를 흘리는 어리석은 짓은 하지 말아야 한다는 내 나름의 가치관도 세울 수 있었던 것 같다. 이런 연유로 반용산은 나와 인연이 깊은 산이다. 지금은 반용산 남쪽 기슭에서 살고 있다.

배추밭에서

올해도 벌레가 배춧잎을 갉아 먹기 시작했다. 그대로 두면 절반도 남겨두지 않고 다 먹어 치울 것 같아서 오늘은 배추벌레를 잡기로 하고 동이 트기 전에 일어났다.

안개 자욱한 한여름 새벽은 미지의 세상에 있는 것 같아 좋았는데, 초가을 새벽은 설익은 배추김치 맛 같아서 좋다.

며칠 못 보던 사이에 배춧잎이 아내의 발바닥만큼이나 자랐다. 그 새 배추벌레가 떡잎에 구슬 크기만큼이나 큰 구멍을 만들었다.

지난 십 년 동안 유기농 채소를 먹어야 한다는 고집으로 농약 살포를 피했다. 수확량은 절반도 안 되지만 건강에 좋은 것을 먹는다는 우월감으로 배추벌레를 잡아 왔다. 너무 일찍 일어나 어두워서 그런지 배추벌레가 보이지 않는다.

나무는 가을에 접어들면 더 이상 자라는 것을 멈추고 현상 유지를 위해 노력하다가 결국 찬 바람이 불어오면 단풍이 들어 떨어진다. 하지만 배추는 겨울이 와서 얼 때까지 계속 푸르게 자란다.

빈부의 격차도 배추처럼 계속 무성하게 자라고 있는 것 같다. 빈자의 폭동이 세상을 엎을 때까지는 계속 자랄 것 같다. 아니면 어느 한 편의 죽음으로 빈부의 격차는 종말을 맞이할 것이다. 처음엔 공생하다가 어느 한쪽의 힘이 강해지면 양쪽 모두 본래의 의미를 잃어가고 나중에는 전혀 다른 것으로 변하므로 본래의 의미를 유지하려면 결국은 서로가 공생할 필요가 있다.

러시아의 볼셰비키 혁명으로 세계 최초의 공산당이 생기고 노동자계급이 정권을 잡았으나 그들 역시 본래의 취지를 유지하지 못하고 하나의 인간이라는 테두리에서 벗어나지 못했다.

가늘고 긴 줄기식물은 굵고 튼튼한 나무를 타고 오른다. 줄기는 처음엔 나무가 전혀 줄기를 의식하지 못하도록 부드럽게 나무를 감고 돌지만, 서서히 나무를 조여서 결국 죽게 만들고, 그 죽은 나무에 뿌리를 내린다. 그러나 나무가 쓰러지면 그 줄기도 땅으로 기울어 사슴의 밥이 된다. 나무를 적당히 감고 뿌리는 땅속에 박은 것만으로 만족해야 하는데 줄기는 그런 지혜가 없어 보인다.

정보통신 사업으로 부자가 된 미국의 빌 게이츠가 재산의 절반을 국가에 헌납한다는 소식을 듣고 두 번 놀란 적이 있다. 첫 번째는 역시 우리나라 부자와는 다르게 가난한 사람들을 위한 나눔의 통이 크다는 데였다.

두 번째는 나의 첫 번째 생각이 틀렸다는 것이었다. 빌 게이츠의 재산 헌납은 가난한 자를 위한 단순한 나눔이 아니라 자본주의의 자유 시장 체제를 유지하기 위해서라는 것이었기 때문이다. 빌 게이츠의 생각은 나같이 가난한 자들의 위신을 세워주면서 더 많은 부를 지속적으로 유지하려는 방편으로 본다. 과연 위대하고 무서운 사람이다. 농부가 자연의 이치를 이용하여 비닐하우스를 세워 겨울에도 배추가 자라게 하는 것과는 어쩐지 좀 다른 차원처럼 느껴진다. 농부는 겨울에 채소 공급이 적으면 채소 가격이 올라간다는 생각만으로 비닐하우스 농법을 만들지는 않았을 것이다. 겨울에도 사람들에게 싱싱한 채소를 공급하려는 숭고한 생각도 함께 했을 것으로 생각해 본다.

18세기 후반에 영국의 애덤 스미스가 노동생산성 향상을 위해서는 분업이 필요하다고 주장하였고, 그 결과 생산성 향상으로 1776년을 기점으로 산업혁명이 일어났다. 산업혁명에 성공한 선진국들은 지혜롭지 못한 이기적 공급을 계속하였으며, 그 결과 미국은 1930년에 대공황을 맞이하였다. 그때 미국 사람들은 애덤 스미스의 이론은 이미 끝났고, 국가가 개입하여 수요를 창출해야 한다는 케인스의 이론을 받아들였다.

애덤 스미스는 국부론에서 시민의 도덕적 정의감이 약하면 국가가 시장에 개입해야 한다고 했는데 "보이지 않는 손"이 너무 크다 보니 그 주변의 글들은 사람들이 지나친 것 같다. 또한 이 부분을 법치의 범위 내에서 소극적으로 개입해야 한다고 받아들인 것 같다. 애덤 스미스는 지속적인 부를 유지하기 위해서는 정의의 덕과 지혜의 덕에 의하여 이익을 추구해야 함을 강조하였다. 이 부분을 간과한 자본주의 부국들은 위기를 맞이하고 있다.

위기는 분배의 불공정에서 온다. 이 위기를 극복하려면 도덕적 정의를 바로 세우는데 국력을 총동원해야 할 것이다. 이에 비해 우리나라는 법치도 못 하고 있으니 도덕적 정의를 구현하기는 힘들 것 같다. 그러나 누군가 주변이 깨끗한 사람이 대통령이 된다면 가능할지도 모른다는 생각이 든다.

찬란하게 푸시는 아침햇살로 나는 상념에서 깨어났다. 오늘 새벽은 배추를 먹기 위해 배추벌레를 잡으려 했다. 배추가 내 몸에 들어오면 배추는 내가 된다. 배추는 잡혀서 먹혔는데도 주인이 되는 것이다. 나도 언젠가는 배추가 될 수도 있다. 이것이 우주의 윤회요 하나의 공생인지 모른다. 오늘 아침 배추밭에서는 배추벌레를 한 마리도 잡지 못했다. 분명히 배춧잎을 갉아 먹는 배추벌레가 있었을 텐데 나는 한 마리도 보지 못했다. 들판을 가로지르는 출근길에서 사무실 일을 생각하다 보면 코스모스꽃을 보고도 코스모스꽃을 보지 못하는 것처럼.

(2011. 10. 9. 새벽)

어느 겨울밤

2019. 12. 22. (일)

밀린 업무를 정리하다 보니 날짜가 바뀐 지 두 시간이 지났다. 서재에 가스난로를 피운 지가 한참 된 것 같아서 공기 순환도 할 겸 창문을 열어두고 밖으로 나갔다. 크리스마스가 가까워져 오니 날씨가 점점 추워지는 것이 느껴진다. 가을이 가고 겨울이 들어선 때가 이미 한 달이 되었다는 것을 이제야 느끼는 것 같다. 그새 매우 바빴는가 싶다.

찬 바람을 쐬며 흙 마당에서 어슬렁거리다 보니 아직은 땅이 꽁꽁 얼지 않았다는 것을 느낄 수 있다. 마당을 걸으면서 계절의 변화를 느낀다.

봄 마당은 얼었던 땅이 녹으면서 바람에 흙가루를 날리기도 한다. 여름 마당은 비를 품어 식물이 잘 자랄 수 있도록 적당한 습기를 품고 있다. 가을 마당은 습기가 줄어들어 먼지를 날리기도 하지만 낙엽으로 옷을 입는다. 겨울 마당은 서서히 꽁꽁 얼어

붙는다. 시멘트 바닥처럼 야물어진다. 이처럼 흙 마당은 계절마다 변한다.

봄에는 먼지가 날리고, 비가 많이 오는 여름날에는 위산에서 내려 덮치는 물에, 터잡고 있던 흙들은 떠내려가고 위산에서 내려온 새 흙이 마당을 이룬다. 그런데 산에 있는 흙들이 빗물에 쓸려 모두 아래로 내려오고, 북극과 남극의 얼음이 녹아서 바닷물이 늘어나면 내가 서 있는 이 마당은 어떻게 될 것인가 하는 생각이 난다. 내 앞가림도 못하면서 세상만 걱정하고 있다.

어둠이 다행스럽다

장마가 시작되었다.

비가 오는 첫날은 시원해져 좋다고 하지만 비가 내리지 않고 흐린 날은 습도가 높아서 싫다고 한다. 그래도 나는 장마철이 좋다. 비 오는 날의 운치를 자주 느낄 수 있어 좋고, 흐린 날은 늙어가는 모습을 조금은 숨겨주는 것 같아서 좋다. 잡티가 늘어나는 내 얼굴부터 시작해서 외벽 페인트가 벗겨진 내 집도 그렇고, 술집의 늙은 웨이트리스의 화장한 얼굴도 예쁘게 보여서 좋다.

지금 생각해 보니 빛이 적은 곳에서 아름답게 보이는 것이 참 많은 것 같다. 밝은 낮이 있고 어두운 밤이 있다는 사실이 새삼스럽게 다행스럽다는 생각이 든다.

어둠 속에서는 잘생긴 사람도 못생긴 사람도, 많이 가진 사람도 적게 가진 사람도 큰 차이가 없어 보인다. 그렇다고 늘 어둠만 있으면 세상살이가 어떻게 될까 궁금해진다. 많이 가진 자와 잘생긴 사람은 돋보이게 하려고 불을 밝힐 것 같다. 못생긴 사람과 게으르고 싶은 사람은 그들이 밝힌 불을 꺼버리고자 노력할 것 같다. 어쨌거나 나는 어둠이 참 다행스럽다. 드러낼 것이 별스럽지 못해서 그런 것 같다.

(2016. 7. 4. 02:58)

업보

벚꽃이 만발한 사경(四更)이다. 정확히 말하면 8년 전부터 새벽 세 시 반에 잠드는 버릇이 생겼다. 시계가 새벽 세 시를 가리키면 옆집에 키우는 수탉이 날갯짓하면서 "꼬꼬꼬-꼬-" 하고 소리를 지른다.

단독주택지라서 마당에 개를 키우는 집이 있지만 수탉 소리에 짖는 개는 없다. 그런데 내가 일부러 헛기침하면 어김없이 개가 짖는다. 처음엔 밤에 개를 데리고 골목을 지나는 사람이 있는 줄 알았는데 내가 기침하거나 복도 건너편 화장실을 이용할 때 어김없이 개가 짖는 것을 알았다. 나의 소리를 자주 들어서 자신을 해치는 소리가 아님을 알 만도 한데 왜 내가 소리를 내면 짖는지 유감스럽다.

단잠을 깨운 것은 나와 수탉 모두 같다고 말할 수 있지만, 수탉이 우는 소리는 시간을 알려주는 데 비해 나의 소리는 그저 단잠을 깨우는 소리에 불과하기 때문일까. 그놈은 내가 밤중에 하는 짓거리에 대하여 일거일동 살피지는 않겠지만 특히 나의 소리에 민감해 보인다. 그놈이 어느 집에 사는지 나는 대강 알고 있다. 소리의 감으로 보아 한 백 미터는 됨직하다. 나는 그놈과 평소에 특별한 감정은 없다고 보는데, 그놈은 주는 것 없이 나의 소리가 싫은가보다. 그것은 그놈이 지고 살아야 할 업보가 아닌가 싶다. 삼경이 지나고 사경인데도, 마당에 핀 화사한 벚꽃을 보고 잠 못 이루는 것도 나의 업보인 것처럼.

(2020. 03. 25. 수. 03:10)

불두화 핀 봄밤

목련꽃이 떨어지고 벚꽃도 바람에 흩날린 지 한 달 반이 넘었다. 올 봄도 다 갔는가 싶었는데 불두화, 무꽃, 민들레, 이름 모르는 풀꽃들이 뜰 마당에 가득해서 아직도 봄날임을 느낀다. 게으른 덕분에 봄꽃을 많이 볼 수 있는 기회를 가진 것 같다. 지난해까지만 해도 벚꽃이 사라지고 나면 봄이 끝났다고 생각했는데 올봄에는 유달리 봄꽃들이 눈에 들어오고 지나간 날들이 자주 떠오른다. 아내와 함께 집 울타리를 만들어 세우고, 목련과 은행나무를 심고 백 년은 살 것처럼 알뜰히 가꾸어 온 날들이 자주 떠오른다. 그런 날들이 행복이었던 것 같다.

슈퍼 문(super moon)의 은빛이 비추는 이 봄밤. 마당에 핀 불두화가 유달리 희고 곱게 보인다. 창문을 열고 불어오는 봄바람을 느껴본다. 오늘 밤 따라 지금까지 살아오면서 내가 내 마음대로 할 수 없었던 일들은 무엇이었던가 하는 생각에 젖어 든다. 가장 가까운 가정생활부터 직장과 사회생활까지 내 마음대로 하지 못하여 마음 아파하였고 불행하다고 생각한 때도 많았다. 지금 생각하면 웃어넘길 수 있는 것들까지 당시에는 힘들었다.

사회생활에서 힘들어했던 일은 주로 사회질서와 관련된 것들이었다. 줄을 서서 차례를 기다리는데 새치기하는 사람들 때문에 제자리걸음함으로 받는 스트레스를 마음대로 풀지 못했다. 자동차를 운행할 때도 운전이 서툰 사람이 갑자기 끼어드는 바람에 급하게 브레이크를 밟을 때도 그렇고, 교차로에서 좌회전하는 차량이 점선을 따라 둥글게 진행하지 않고 우회전하는 차량의 도로를 침범하여 대각선으로 달려오므로 우회전하려는 나는 이를 피하려고 상대방 차가 지나갈 때까지 정지한 상태에서 기다려야만 했던 때도 그랬다. 그럴 때면 주먹이라도 날리고 싶었지만, 뒷일이 복잡해지고 스트레스가 더 커질까봐 참았다. 이런 때는 혼자서 욕이라도 하고 나면 가슴 속에 오래 남지는 않았다.

그러나 직장생활은 좀 달랐다. 부모 잘 만나서 일용직으로 들어온 사람에게 특별채용으로 정규직 만들어 주고, 공개경쟁으로 임용된 사람보다 더 빠르게 승진시켜 주는 사람을 보면 두들겨 주고 사무실도 불 질러버리고 싶었다. 특혜로 일자리 구하고, 특혜로 정규직 되고, 특혜로 승진한 사람들일수록 기회의 평등과 무관한 듯 살아가는 것처럼 보여 이를 개선하고자 대학원에서 인사관리를 전공하기도 했었다.

그러면서도 틈만 나면 지역발전을 위하여 고민하며 살았다. 그 결과 90년대 초반부터 지역발전을 위한 제안을 여러 건 제출했다. 그때마다 깊이 생각해 보지도 않고 현실과 부합되지 않는다고 한마디로 잘라버리는 윗사람들과 자주 부딪쳤다. 그런 때도 멱살을 잡고 흔들어 버리고 싶었지만 내 마음대로 하지 못했다. 따지고 보면 그 사람 역시 자신의 개인적 영달보다는 지역 여건에 맞지 않기 때문에 거절했을 거라는 생각을 하면서도 그 정도 능력으로 지역 살림을 책임지는 자리에 있다는 것은 불합리하다고 생각했었다.

나의 제안이 당시로 볼 때 앞서간 것은 사실이다. 가족들의 삶의 질을 개선하기 위하여 공립 치매 의료시설 설치를 주장했고, 독신 노인들을 위한 홈페이지 운영, 국공유지를 이용한 수목장(樹木葬) 설치, 공무원들의 정년 연장과 동시에 보수 피크제 실시, 공무원들의 한 방향 승진제도를 폐지하고 좌우상하로 임용이 가능한 디지털식 인사제도(Digital Management System) 도입, 한국 문학작품 해외출판센터 설치, 문화상품 무역센터 설치, 농민들을 위한 농산물무역회사 설립 등 수없이 많지만, 농산물무역회사 설립만 반영되었고 다른 제안들은 사장되고 말았다. 이런 삶 속에서 나 자신이 너무 미약함을 느꼈고, 일반 공직 생활로는 나의 의지를 반영하는 데 한계가 있음을 느꼈다. 결국 정년을 10년이나 앞두고 퇴직을 한 후 그동안 이루지 못한 일들을 해보기 위하여 선출직인 시의원 생활을 해보았으나 그곳에서도 생각한 바를 이루지 못했다. 수십 년 세월이 흐른 요즘 생각해 보면 삶이란 원래 그런 것인가 하는 생각도 든다.

나처럼 미약한 존재에 비하여 북한의 김일성 같은 사람은 그야말로 자신의 의지대로 살아간 사람으로 볼 수 있는데 그 역시 성공한 사람은 아니라고 본다. 그가 죽음을 앞두고 각료들 앞에서 후회 썩힌 표정으로 "굶주린 인민들에게 쌀밥을 먹이려고 사회주의 체제로 통치했는데…."라고 말한 데서 짐작할 수 있다. 자신은 인민을 위하여 최선을 다했겠지만, 결과적으로 수많은 사람이 불행하게 살고 있듯이 그 직위가 높을수록 의사결정의 부담은 더 커진다는 것을 잘 보여주는 사례다. 그런데도 사람들은 위로만 쳐다보며 사는 사람들이 많음을 알 수 있다. 문제는 자신으로 인하여 수많은 사람이 괴로울 수 있다는 생각은 하지 않는 것처럼 보이는 것이다.

북한의 김일성과는 차원이 다르지만 나 역시 지역발전을 위하여 노력하였으나 나의 의도대로 추진도 못 해보고 주저앉은 데 대하여 너무 자책할 필요는 없지 않은가 하고 위로도 해본다. 내가 제안한 일들이 최선의 과제가 아닐 수도 있기 때문이다.

한편 가정에서는 내 마음대로 해버린 일들이 많아서 오히려 가슴 아픈 일들이 더 많았다. 직장의 일에 비하면 보잘것없이 작은 일이지만 세월이 갈수록 마음 아픈 무게는 더 크게 느껴진다. 처음 집을 지을 때 외벽의 페인트 색깔을 아내가 원하는 대로 들어주지 않고 내 마음대로 결정한 일이며, 어머니와 다툴 때 "대충 듣고 당신이 참아라."라는 식으로 예사로 던진 말이며, 논밭 사느라고 침대 구매를 마다한 것들까지 수없이 많다. 함께 잘 살자고 했는데 뜻하지 않은 일로 앞서 떠나고 나니 산다는 것은 정답이 없는 것 같다. 따지고 보면 마음대로 행한 일은 물론이고, 마음대로 하지 못한 일도 결국은 타의든 자의든 나를 위하여 선택한 일이기에 내가 안고 가야 할 업이라는 생각이 든다.

시계 침이 새벽 3시를 가리키고 있는데도 잠이 오지 않는다. 슈퍼 문(Super Moon)과 봄기운이 나를 흔들어 놓았나 보다.

(2021. 04. 28. 음력 3월 17일 새벽)

불량 인간

돼지 뒷고기 식당 앞이다. 도로변에 주차할 여유가 많은 곳이다. 식당에서 나와 보니 내 차는 빠져나가기 힘들 정도의 간격으로 앞뒤에 주차되어 있다. 모두 내 차보다 훨씬 고급 승용차다. 38년 운전 경험으로 전후진을 몇 번 거듭하여 겨우 빠져나왔다. 내가 그랬다면 그 사람들은 나보고 뭐라고 할까. 아마 전화로 불러 차를 빼라고 했을 것이다.

내가 사는 집 주변에는 유아교육 시설이 두 곳 있고, 성당과 절이 있다.

우리 집 앞 어린이집에 일 보러 온 여자가 우리 집 대문 앞에 차를 주차해 놓았다. 막다른 골목이라 대문 앞에 차를 세우면 우리 집에서는 차를 사용하지 말라는 것과 다름없다. 어린이집 벽쪽으로 차를 세우면 교차가 충분한 도로다. 그런데 도로 중간에 주차해 놓았다. 이층 복도에서 택배 보낼 상자를 꾸리면서 내가 집 밖으로 나갈 때는 빠져나갈 것으로 보았다. 그런데 작업을 마치고 샤워까지 한 후 자동차 시동을 걸어도 그 차는 그대로 있었다. 내가 그 승용차를 본 지가 두 시간이 넘었다. 다행히 전화번호가 있어 주인을 불렀다. 그 여자는 미안하다는 말 대신에 잠시면 되는 일이라 차를 세웠다고 한다. 잠시가 두 시간이 넘어버린 것이다. 우체국에 물건을 우송하고 집으로 오니 다시 그 자리에 차를 세워두고 있다. 그 여자의 머릿속에 무엇이 들어있는지 잠시면 되는 일이라서 차를 세웠다는 그 여자는 세 시간이 넘게 우리 집 진입로 중간에 차를 주차하고 있다. 미안해하는 기색이 조금도 보이지 않는다.

우리 집 진입로 골목에서 이와 비슷한 사례는 자주 있다. 성당에 다니는 어느 여인, 절에 다니는 어느 여인 등 그들이 몰고 다니는 승용차는 내 차보다 훨씬 고급스럽다.

세상이 바로 서 있으면, 다른 사람을 배려하지 않고 자기 편한 대로 아무 데나 주차하는 이들은 가난해야 하는데 오히려 더 잘 살고 있는 것 같다.

원래 지구는 23.5도 기울어져 돌고 있다. 23.5도는 90도의 약 1/4이어서 사계절이 생긴다. 그래서 사람도 똑바로 서 있는 사람보다는 1/4 정도 기울어진 사람이 사계절에 잘 적응하는 것 같다.

(2020. 3. 11.)

추월산(秋月山)

가을 달 속의 계수나무처럼 청명하고 풍성하다 하여 추월산이라고 부른다. 그는 용지봉을 중심으로 창원과 김해의 경계를 이루고 있으며 김해에서는 장유와 진례를 나누고 있다. 그 나이는 몇천 년인지 몇십만 년인지 아무도 알지 못한다. 그 수많은 세월 동안 단 한 번의 투정도 없이 아이들을 키우고 가축에게 먹이를 제공하였으며, 다람쥐와 노루를 비롯하여 온갖 짐승들과 새들에게도 안식처와 먹이를 제공하였다. 다래, 머루 등 과수원도 되어주었다. 무엇보다도 고마운 것은 죽은 시체도 가슴에 품었다. 그래서 우리는 그를 자연이라고 부르기도 한다.

겨울에는 북풍을 막아주고 남쪽에서 불어오는 따뜻한 바람을 머물게 한다. 여름철 폭우가 쏟아질 때는 물을 머금어 홍수를 막았다. 머금은 물을 시나브로 내뿜어 대청천이 마르지 않게 하고 가오야 들판을 적셔주었기에 아무리 가물어도 농사를 짓게 하였다. 가오야 들판은 1995년부터 시작한 신도시 조성으로 이제는 아파트가 들어서 갑오마을로 변했지만, 추월산의 정기는 지금도 스며든다고 할 것이다.

그가 만든 계곡은 크고 맑다고 하여 대청천이라고 부른다. 그는 아무리 가물어도 그곳으로 물을 내려 농사를 짓게 하고, 시냇물을 만들어 사람들에게 깨끗한 물을 공급하였다. 나는 어린 시절의 대부분을 이 대청천에서 보냈다. 여름방학 때는 점심 먹는 시간 외에는 온통 이곳에서 보냈다. 사하라 태풍 상륙으로 만들어진 웅덩이에서 또래들과 잡기 놀이도 하고 바위에 올라가 다이빙도 하면서 지치도록 놀았다. 그러다 강렬한 햇볕에 몸을 말리면 온몸이 까맣게 반들거렸다. 온몸이 깜둥이처럼 검게 타서 반들거려도 창피한 걸 느끼지 못하고 마냥 즐거웠기에 그야말로 이곳이 나의 삶터였던 곳이다.

그는 또 장유사를 품고 산다. 일연 스님은 「삼국유사」에서 수로왕비 허황옥의 친정 오빠인 장유화상(長遊和尙, 다른 이름은 보옥선인寶玉仙人)은 추월산에 들렀다가 전망이 좋고 숲이 우거진 추월산 산 중턱에 자리를 잡고 너무 아름다워 그곳에 계속 머물렀다고 전해오는 이야기를 기록하고 있다. 2천여 년이 지난 후 그가 품은 장유사는 나에게도 특별한 곳이 되어주었다. 나에게 세상의 이치를 가르쳐 준 곳이다.

나 역시 그의 품에서 태어나고 자랐으며 언젠가는 그의 품속으로 돌아갈 것이다.

세계 인구

지구의 인구는 나라와 민족 간 또는 인간의 생존과 지구의 환경문제가 서로 얽혀있어, 너무 많아도 안 되고, 적어도 안 되는 상반된 모순이 있다.

유엔발표에 의하면, 세계적으로 인구는 증가하고 있다고 한다. 2015년 12월에 73억이었는데 해마다 2억 정도 불어나서 2022년 11월 15일에는 80억을 넘었다고 한다. 유엔의 예측은 2050년에는 90억, 2100년에는 100억이 될 것으로 전망하기도 하고, 2086년부터 저출산 분위기가 개발도상국까지 확대되어 90억 선에서 안정될 것으로 보는 견해도 있다고 한다.

인구가 너무 많아도 안 되는 이유를 살펴보면, 첫째는 일자리가 부족하여 실업자가 불어나고 주거 공간이 부족한 현상이 일어난다. 실업자와 극빈자를 보호하기 위하여 국가적 재정 투입이 늘어나서 인플레이 현상이 야기된다. 미국의 경우 이민자가 불어나서 발생하는 실업률 증가도 인구 증가의 한 결과라고 보인다.

생활환경 면에서는 지구 온난화와 석유 전쟁, 생태계 파괴와 멸종위기, 화학물질의 위협, 빈곤과 재해 문제가 늘어난다.

모두 사람 때문에 일어나는 일이다. 이러한 문제를 해결하기 위하여 탄소 배출량 감소, 에너지 절약, 효율적인 쓰레기 처리, 환경친화적 농·축산방식 채택, 지속 가능한 도시계획 등의 노력이 필요하다.

한편 전체 인구수는 변함이 없지만 사망률에 비하여 출생률이 낮아지면 고령화된 사회가 되므로, 창의적 노동력 확보가 어려워 산업사회의 경쟁력이 낮아진다. 그 결과 고령자의 연금 지급보장이 어려울 뿐만 아니라 국민 전체의 삶에 영향을 미치게 된다.

따라서 출생률이 낮아 인구가 감소하면, 교육 분야를 비롯하여 기존산업의 붕괴로 일자리가 사라지고 그곳에서 일하던 사람들의 소득이 줄어들어 내수시장에 영향을 미치고, 결국 국가의 존립 위기를 초래한다고 한다.

한편 인구수의 증감과 관계없이 산업의 발달로 기존의 산업이 사양길에 접어들고, 새로운 산업이 생성되므로 생기는 부작용도 있다.

세상은 흥망성쇠를 거듭하면서 발전해 왔다. 불과 얼마 전까지만 해도 처음의 직업이 평생 직업이 되었지만 100세 시대를 바라보는 현대는 자신의 직업이 어떻게 변할지 모른다는 각오로 살아야 할 것 같다. 날이 갈수록 새로운 산업의 생성이 가속화되고 있기 때문이다.

4차산업의 발달로 기존의 일터가 붕괴하거나 인구의 감소로 일자리가 사라질 경우는 4차산업에서 발생한 재화를 부분적으로 재분배하는 노력이 필요하며, 새로운 일자리를 만들어 고용을 창출하게 될 것이다. 예를 들면 출생률이 저조하여 교사 자리가 줄어들면 기존의 교사들을 보수 교육하여 실업자 재교육에 투입하는 방법 등을 생각해 볼 수 있다. 그러므로 4차산업이 발달할수록 인구의 감소로 기존산업이 붕괴하는 데 대해서는 크게 우려할 필요는 없을 것으로 생각된다.

출생률이 낮아 일할 사람이 줄어들면 은행에 저축한 지폐의 가치도 하락할 것이고, 고령자들은 삶을 이어가는데 위협을 받을 것이다.

사람이 살기 위해서는 뭔가를 생산해야 하고 각자가 생산한 것을 필요한 것과 서로 교환하여 삶을 유지하고 있다. 생산을 위한 3대 요소는 토지, 노동, 자본이라고 고교 시절에 배웠다. 근래에 와서는 이 세 가지 요소를 이용하여 이윤을 가져오는 경영을 포함하여 4대 요소라고 한다. 이 4대 요소 중에 노동과 자본, 경영은 사람의 노력으로 만들어지는 것이므로 이 세 요소는 노동으로 집약할 수 있다. 노동은 토지의 공간을 수직적으로 증가시키기도 한다. 이처럼 중요한 생산요소의 노동은 인구에서 나온다. 그러므로 인구의 감소는 지속 가능해야 할 인간의 삶을 위태롭게 하는 요인이다.

그런데 반드시 인구가 많아야 노동력이 많다는 것도 아니다(인구가 많다 ≠ 노동자가 많다). 인구가 많아도 오히려 없는 것보다 못한 사람도 있다. 일자리가 자신과 부합되지 않아 일하지 않는 사람도 있고, 일할 능력은 있어도 부모에게 의지하고 일하지 않는 사람들이 있으므로 인구가 많아야 노동력이 많다는 주장은 옳지 않다고 본다.

부잣집 젊은이는 직장에서 일하지 않더라도 부모덕에 잘 살면 되지 않느냐고 말하는 사람도 있다. 노동력은 없어도 그들도 소비하므로 내수를 증대시켜 경기 활성화를 도모하니 필요하다고 말하는 사람도 있다. 국내 소비자가 많으면 내수시장은 진작되어 순간적으로는 산업의 활성화를 도모하지만 결국은 제품이나 용역의 가격이 올라가므로 국제 경쟁력에서 불리하게 된다. 이런 현실을 두고 한편에서는 경쟁력을 떨어뜨리는 사람은 우리 사회에서 악의 존재가 아니냐고 말하고, 또 다른 한편에서는 그들도 소비하므로 내수를 증대시켜 경기 활성화를 도모하니 필요하다고 한다.

생산적인 일을 하면서 사회적 비용과 지구환경을 파괴하는 사람은 어쩔 수 없는 것 아니냐는 생각도 들지만, 일하지 않는 사람을 비롯하여 사회 물의를 일으키는 사람들로 인하여 사회적 비용과 지구환경 순화 비용이 증가하는 것은 받아들이기가 힘들다. 다르게 말하면 열심히 일하는 성실한 사람들은 일하지 않거나 사회 물의를 일으키는 사람들 때문에 하루 두세 시간만 일해도 될 것을 하루 8시간을 일해도 살아가는 것이 팍팍하다는 것이다. 다시 말해서 일하지 않는 인구로 인하여 더 많은 노동력이 있어야 하고 그 노동력을 제공하는 노동자는 힘들어지는 것이다. 그들을 위하여 바치는 세금과 수요공급의 시장원칙에 따라 서비스 및 제품가격이 상승하기 때문이다.

따라서 좀 심하게 말하면 일하지 않는 사람이 태어나는 것은 지구환경의 오염은 물론 사회적 재앙을 불러오는 데 일조한다고 볼 수 있다. 그러므로 인구가 증가할수록 노동력이 있는 인재 육성을 위한 교육이 필요하다.

그리고 갈수록 사람의 노동을 대신하는 AI가 급속도로 늘어나고 있으므로 인구가 많아야 노동력이 풍부해진다고 생각하는 것은 설득력이 없다는 생각도 든다.

따라서 인구수가 줄어들수록 긍정적 측면도 있다. 인구가 감소하면 노동력이 줄어들 것으로 보고 여기에 적응하기 위하여 4차산업을 조기에 육성, 발전시키고자 노력하게 될 것으로 본다. 그리고 지구환경이 개선될 것이다. 지구를 오염시켜 기후변화를 일으키는 주범은 사람이므로 출산율이 낮아지는 일은 지구를 살리는 길이 되기도 한다.

인구가 지구환경 오염의 주범이지만 우리나라만 출산율이 낮아져서는 안 될 것이다. 우리나라의 출산율은 세계 최하위 수준이므로 세계 평균 수준으로 높여야 한다. 지구 환경문제를 떠나서 우리나라만 생각하면 출산율 저하는 국가의 존립을 위태롭게 하는 심각한 요인이다.

한국의 출산율이 매우 낮은 이유는, 첫째로 자녀 양육을 위한 적당한 공간을 마련하기가 어렵고, 실직률이 높아 일자리가 불안정하며, 삶의 경쟁이 치열하므로 자녀 출산을 쉽게 결정하지 못하는 것 같다. 또한 상대적 가난에서 오는 삶의 고통을 자녀에게 대물림하는 경우가 되므로 힘든 삶은 자신에게서 끝내고자 하는 심리적 작용도 크게 작용하는 것으로 생각된다. 이 부분은 나도 젊었을 때 고민한 적이 있다.

두 번째는 직장에서 경력을 쌓고, 성과를 내려면 많은 시간과 노력이 필요한데 육아로 경력 단절이 되고, 성과를 내는데 부담스럽다고 생각하고 출산을 미루고 있는 부부가 많다고 한다.

세 번째는 부모 봉양의 가치관이 변했다는 것이다. 옛날 농경 시대에서는 토지를 부모로부터 물려받고 그 대가로 노동력이 쇠한 부모를 봉양하고, 자신 또한 늙으면 자식으로부터 의지하기 위하여 출산은 필수라고 생각했는데 요즘은 자녀로부터 의지한다는 것은 아예 기대할 수 없는 실정이다. 현재의 자신도 부모를 돌보지 않고 있으므로 미래 세대는 더욱 기대할 수 없다는 것을 너무 잘 알기 때문이다.

또 하나는 종교적 가치관의 변화가 출산율을 떨어뜨리는 요인이 되고 있다고 생각된다. 전통적 종교관보다는 과학적 사고에 의지하며, 제사를 중요시하는 유교적 문화에서 벗어나는 가치관이 종족보존본능을 약화하는 영향 요인이 되고 있다는 생각이 든다. 이러한 요인을 고려하여 출산율 증가를 위한 적극적인 지원이 필요하다고 생각된다. 이와 동시에 현재의 부족한 노동력 확보를 위하여 이민 도입과 IT를 활용한 원거리 글로벌 고용제도 등의 도입 방안도 검토해 볼 필요가 있다고 본다.

세상은 갈수록 국제화로 변하고 있다. 자국의 이익을 위하여 보호무역의 장벽을 치고 있지만 인터넷 등의 발달로 국가 간 인적 물적 흐름은 날로 늘어가는 추세다.

또한 AI의 등장으로 새로운 일자리가 늘어나 여기에 일할 인재가 필요한 것은 사실이지만 여기서 일할 인재는 갈수록 소수라고 생각된다. 그러므로 출산장려정책은 세계적으로 하나의 시스템에서 검토되어야 할 과제로 본다.

앞서 유엔에서 인구 추이를 언급했듯이 세계 인구는 늘어나지만, 선진국은 출산율의 감소로 인구가 줄어드는 현상을 나타내고 있다. 이들은 지구 전체의 안정과 번영보다는 개별적으로 출산 장려를 추진하는 것 같아서 걱정스럽다.

나라마다 현재의 경제 위기를 타개하기 위하여 출산을 장려한다면 지구환경 악화로 다가오는 재앙에서 자유로운 나라는 어느 나라도 없을 것이다. 그러므로 나라마다 출산을 장려하여 인구를 증가시키는 정책보다는 인구가 급속히 증가하고 있는 후진국 이민자들을 적극 활용하는 방법이 바람직하다고 생각된다.

우리나라도 이 땅에 우리 민족만 살아야 한다고 생각하면 우리나라 사람은 미국이나 호주에 이민 가는 생각은 말아야 할 것이다. 따라서 인구문제는 지구촌 환경 차원에서 해결할 과제라고 생각한다.

세상에는 아직도 기아에 허덕이는 사람이 많다. 이러한 사람들을 저버리고 자국의 민족만 늘어나야 한다고 생각하는 현실을 나는 이해하기 어렵다. 우리나라도 이제는 세계 인구문제의 어려운 사정을 해결하는 데 동참해야 할 것이다.

선진국마다 출산을 장려하고 있지만 청년실업으로 인한 사회문제로 고민하는 추세다. 청년실업이 계속 증가 추세에 있으면 출산을 꺼릴 것이다. 출산장려정책을 추진함에 있어서는 취업에 대한 사회적 안전망이 필요하며, 이를 구축하는 데는 지구의 환경과 지구 전체의 인구 조절 노력이 필요하다고 본다. 그러다가 어느 순간이 오면 세계 인구는 스스로 조절될 것으로 추측해 본다.

2

화려한 시절

김해시공무원직장협의회 초대회장이 되다

한국 정부는 1991년 12월 9일 노태우 정부 때 152번째로 국제노동기구(ILO) 회원국이 되고, 1996년 12월 12일 김영삼 정부 때 경제협력개발기구(經濟協力開發機構; OECD) 회원국이 되었다. 이 두 회원국 중엔 민주주의와 시장경제가 제대로 안착한 선진국이 많은 편이지만, 그렇지 않은 국가도 있었다. 노동조합 결성도 일반 대기업에서는 결성되어 있었지만, 공무원 조직은 노동조합과는 거리가 멀었다.

2000년 뉴밀레니엄 시대가 열렸다. 그즈음 나는 김해시청 일반행정 6급직으로 허가민원실에서 농지전용허가 업무를 맡고 있었다.

김대중 정부는 OECD와 ILO로부터 공무원 노동조합 결성에 대하여 압력을 받게 되었다. 그 결과, 정부는 대통령의 지시로 공무원 조직 내 노동조합으로 가기 위한 전초전으로 공무원직장협의회를 설립고자 하였으나 공무원들은 스스로 노동자임을 부정하는 현상이 나타났다. 일선 시장, 군수는 대통령의 지시를 받고 공무원직장협의회 설립을 위해 큰 노력을 하였으나 나중에 인사 불이익이 초래될 것으로 예상하고 쉽게 직장협의회 설립을 하겠노라고 나서는 직원이 없었다.

이런 분위기 속에서 내가 나서지 않으면 안 되겠다는 생각을 한 터에 몇몇 젊은 직원들로부터 제의를 받고 김해시공무원직장협의회 설립추진위원장을 맡았고, 결국 초대 회장에 선출되었다.

나는 이때부터 정치적 공무원이 되었다. 회장직을 맡으면서부터 이기적이고 기회주의적 인간의 심성을 많이 느끼고 후회스러울 때도 많았지만 한편 그들이 불쌍하다는 생각이 들어 마음을 달래기도 했다.

일반 행정직이므로 특별한 흠결이 없는 한 서기관 승진까지 무난하다고 생각하고 근무하며 살아왔는데 조직 내부의 인사 부조리가 심하고, 계급에 의한 직원 상하관계가 너무 경직되어 창의적인 업무 효율을 기대하기는 어렵다고 느껴왔기에 이를 개선하고자 나섰다.

나의 친구들과 주변 지인들은 얌전하고 어진 사람이 어찌 노동조합장을 맡게 되었느냐고 물었다. 이런 질문을 들을 때마다 그냥 미소로 답했지만, 속으로는 큰 소리로 외쳤다. '얌전하고 어진 사람이 아니면 노동조합을 맡아서는 아니 됩니다'라고.

농산물무역회사 설립 제안

다른 사람은 몰라도 나는 봉급 받는만큼 일하는 공직자는 아니었으며, 누구보다도 지역사회를 위하여 헌신적으로 봉사활동을 해온 사람이라고 자부한다.

1975년 가을, 당시 5급을류 공무원 공채에 합격하여 의창군 진전면에 발령받고 주민을 위해 일하게 되었다. 나는 내가 하는 일에 대하여 큰 자부심을 느꼈다. 공업고등학교를 졸업했지만, 공장에 취업하기보다는 돼지사육을 하고 싶었는데 사업 재원이 없어 엄두를 못 내고 학력 배경이 없이도 취업할 수 있는 공무원 시험을 거쳐 말단 공무원이 된 것이다.

공무원이 된 이후 군민을 위하여 열심히 일하려고 노력했다. 1970년대만 해도 시골 살림은 모두 가난했다. 나는 어떻게 하면 군민들이 가난에서 벗어나 잘살 수 있을까에 대하여 고민했다. 심지어 화장실에 앉아서도 고민했다. 나 자신이 경제적으로 너무 힘들게 살았기 때문에 더 그랬던 것 같다.

70년대에 들어서 경제적으로는 '한강의 기적'이라고 할 정도로 발전했지만, 학생들의 데모는 끊임이 없었다. 나 역시 20대였지만 데모하는 이유가 나와 직접 관계가 있다고 생각되는 것은 아무것도 없었다. 그야말로 나는 군민의 종복으로서 하는 일에만 열심이었다.

그러다 세월이 흘러 '86아시안 게임', '88올림픽'을 성공리에 개최하고 농촌에도 소득이 급격하게 높아졌다. 축산업도 늘어났고, 원예작물도 급격하게 늘어났다. 이즈음에 내 머리를 스쳐 가는 생각이 떠올랐다. 당시 김해군은 농산물 수요보다 공급이 너무 증가함에 따라 가격이 폭락할 수 있다는 생각이 들었다.

물론 도시민의 소득이 증대함에 따라 공급도 늘어나겠지만 일반 벼농사보다 축산이나 원예작물은 소득이 높다는 소문이 나게 되면 농민 대부분이 원예작물 재배에 쏠리게 되므로 초과공급 현상이 충분히 나타날 수 있다는 생각이 들었다. 그러므로 농산물을 외국에 수출하는 길을 열어야 한다는 생각이 들었다.

마침 이즈음에 이덕영 당시 김해 군수께서 공무원 제안을 한 건 이상 하라는 지시를 하시기에 나는 농산물무역회사 설립을 제안하였다. 농민들은 대부분 외국어를 잘 모르기 때문에 외국 구매자를 직접 만나서 소통하기가 어렵고, 또한 어떤 절차가 필요한지를 모르기 때문에 공공기관에서 농산물무역회사를 운영할 필요가 있다고 군수에게 제안설명을 하였다.

처음에는 농민들의 신뢰성 확보가 필요하므로 공기관에서 운영하지만 제대로 자리가 잡히면 민관으로 이양하는 것이 좋을 거라는 의견도 덧붙였다. 나의 말을 다 들으신 군수는 무릎을 치면서 내 어깨도 다독거려 주셨다. 이 일이 있고 한 이 년 뒤에 이덕영 군수는 도청 농산 국장으로 영전하시고, 당시 김혁규 도지사와 함께 농산물을 수출하는 주식회사 경남무역을 설립하셨고, 전국적으로 벤치마킹 되었다.

지난 봄, 초등학교 동기회에서 단감재배를 하는 친구를 만났다. 그는 경남무역을 통하여 동남아에 단감을 수출한다고 했다. 비록 그 회사설립 발자취에 내 이름은 없지만 나는 알고 있기에 가슴 뿌듯함을 느꼈다.

(2023년 봄날)

명판결

나는 1996년도부터 실질 생산에 비하여 부동산 가격이 급등하면서 경제적 불안감을 나름대로 느끼고 있었다. 예상했던 대로 저금리의 일본 엔화 등 무분별한 외자 차입에 의존하던 국내기업의 단기차입금 만기 도래와 아시아 경제의 불안감으로 엔화를 중심으로 한 외국자본이 급속하게 빠져나갔다.

따라서 경제 위기로 단기부채의 연장이 이루어지지 않았고, 기업은 부채 상환을 독촉받고 상환하지 못함으로써 도산과 대량실업으로 이어지는 사태가 발생했다. 정부는 이러한 외환 유동성 위기를 극복하기 위해 1997년 11월 21일 국제통화기금인 IMF에 구제금융을 요청하였다. IMF 구제금융 시대는 2001년 8월까지 약 4년간 지속되었다.

이 시기에 나는 김해시청에서 농지전용허가 업무를 맡고 있었다. IMF 시대라서 부도 나고 파산하는 기업도 많았다. 그 영향으로 부산 사상지구에서 기업을 하던 제조업자들은 공장부지를 처분하고 상대적으로 부동산 가격이 저렴한 김해지역 농지에 공장을 짓기 위해 농지전용허가를 신청하는 민원이 불어났다. 당시 농지전용업무를 담당하던 나는 늘어나는 민원으로 골머리를 앓고 있었다.

그러던 어느 날, 부부는 인접한 토지에 각자의 명의로 유류 취급 시설과 주유소를 짓기 위해 농지전용허가신청서를 나란히 제출했다. 부부가 따로 접수하면 다음에 감사받을 때 모르고 넘어갈 수도 있겠지만, 부부 아니랄까 봐 붙어서 접수를 한 것이었다. 결정을 내릴 때 국장은 부부가 같은 주머니이므로 반려하라는 지시를 내렸다. 나는 국장의 지시를 받는 순간부터 고민하기 시작했다. 차석과 함께 고민하다가 결론을 짓지 못하고 혼자 남아서 법령집을 살폈다. 심정적으로 생각할 때는 같은 주머니에서 나온 것 같은데 민원 신청인은 허가 기준에서 벗어나기 위하여 각각의 이름으로 농지전용허가를 신청한 것으로 보았기 때문이다. 민원을 심정적, 주관적으로 보고 반려하면 용지매입과 설계비 등 그동안 준비를 위하여 은행에서 자금을 빌렸을 텐데 행정소송에서 패소하면 여러 가지로 곤란한 사항이 초래된다. 김해시가 패소하면 김해시는 승소한 민원인의 경비를 예산으로 일체 부담하고, 그 후에 담당 공무원에게 구상권을 행사하는 것이 원칙이다. 요즘처럼 금리가 높은 IMF 시대에는 상당한 금액을 부담해야 할 거로 생각하니 더욱더 함부로 할 수 없다는 생각이 들었다. 이 건을 반려하려면 부부의 재산은 공유가 아니라는 사실을 법적으로 명백하게 제시해야 한다고 생각하고 민법전을 펴 보았다. 민법 830조①에서 부부의 일방이 혼인 전부터 가진 고유재산과 혼인 중 자기의 명의로 취득한 재산은 그 특유재산으로 한다고 규정하고, 민법 제831조에서는 부부는 그 특유재산을 각자 관리, 사용, 수익한다고 규정하고 있었다. 나는 이 규정을 확인하고 차석과 위에 계신 분들을 설득하여 허가 처분을 받아냈다. 그 후 경상남도 정기감사에서 지적받을 거라고 예상한 대로 지적을 받았다. 감사관 역시 부부는 한 주머니이므로 반려해야 하는데 허가 처리했다는 것이었다. 경남도지사는 김해시장에게 징계하고 결과 보고하라는 지시를 했고, 김해시장은 징계위원회 개최 결과 도지사의 지시에 따라서 차석은 감봉 처분을 하고 나는 견책 처분을 내렸다. 나는 재무부 장관상과 견책을 상쇄하여 문제가 없었는데 차석이 문제였다. 6급 승진을 해야 하는데 감봉을 받으면 승진 서열에서 너무 떨어지기 때문이다. 너무 분하고 억울한 생각이 들어서 차석과 의논하여 변호사 없이 행정 소를 제기하기로 했다. 도지사가 감사했지만, 징계는 김해시장이 했으므로 김해시장을 상대로 창원고등법원에 소를 제기했다. 나는 법을 위반하지 않았으므로 반드시 승소한다고 생각했다. 판사 5명의 합의부 재판에서 우리는 무죄를 받았다. 그런데 나는 판결문을 보고 깜짝 놀랐다. 민법 제830조와 831조의 규정에 따라 무죄판결을 한다고 명시할 줄 알았는데, 이 부분은 전혀 언급하지 아니하고, "타 시, 군보다 월등하게 많은 민원 건수를 단 두 명이 처리하는 과정에서 생긴 일이며 또한 금품수수 행위 등이 없는 점을 고려하여 무죄로 판결한다."라고 명시했다. 민법 규정을 근거로 무죄라고 판결하면 하나의 판례가 되므로 이를 악용하는 사람들이 있을 거로 보고 민원 건수가 많은 것을 이유로 무죄판결을 내린 것 같았다. 과연 지혜로운 명판결이라고 늘 기억하고 있다.

교환의 사랑을 넘어서

쉰이 되는 봄날 〈교환의 사랑을 넘어야〉란 제목으로 수필집을 발간했다. 2003년도 당시 오백만 원을 들여 천 권을 발행했는데 누구의 손에서 어떻게 되었는지 모른다. 일선 공무원이 수필집을 발간했다고 신문에도 게재되어 좀 팔릴 것 같다는 기대도 했었는데 그냥 거기서 끝나고 말았다.

이 책은 고등학교 1학년 때 도서관에서 사서 누님의 추천으로 김형석 교수님의 수필집 〈고독이라는 병〉을 잘못 읽는 데서부터 생긴 일들을 쓴 글이다.

〈고독이라는 병〉의 책장을 넘기면, 가방을 둘러메고 헐레벌떡 뛰어가는 학생과 이를 바라보는 노신사와의 대화 내용이 전개된다. 노신사가 왜 바삐 뛰어가느냐고 학생에게 묻자, 학생은 지각하지 않기 위해 뛰어간다고 한다. 지각을 안 하면 수업을 받을 수 있고, 공부를 잘해서 좋은 대학에 가고, 졸업 후에는 좋은 직장에 취업하고, 이쁜 부인을 만나고 돈도 많이 벌 수 있다고 한다. 그 후는 하고 노인이 묻자 죽는다고 말한다. 죽으면 어디로 가느냐고 묻자, 학생은 대답하지 못한다. 나는 여기까지 읽고 고독의 병에 걸리고 말았다. 이때부터 학교 공부는 하지 않고 삶의 근본에 대하여 알고자 노력했다.

고등학교를 졸업하고 이듬해 12월에 장유암에 들어가 3개월간 생활하면서 내 나름대로 깨달은 바가 있다. 형태로서의 생명은 유한하지만 물질 그 자체는 태어나고 멸하는 것이 없으며, 오로지 고정됨이 없이 끊임없는 상호작용으로 새롭게 변한다는 것을 깨닫게 되었다. 나중에 알고 보니 반야심경에 이미 나와 있는 부처님의 말씀임을 알고 나 스스로 놀랐다. 나는 여기서부터 우주의 생성과 사멸을 나름대로 정리하고, 우리가 말하는 종교적 신은 사람들이 삶의 필요에서 만든 것이며, 정신 분열에서 오는 귀신병도 하나의 질환이라고 생각했다.

언뜻 보면 잡다한 쓸모없는 것들이라고 치부할지 모르지만, 나는 천신만고 끝에 얻은 나름의 진리다.

살아가면서 해도 늦지 않은 공부를 미리 함으로써 진학이나 취업에 애로사항이 많았다. 우리 아이들은 나처럼 거꾸로 공부하지 않도록 가르치기 위하여 나의 경험과 가치관, 종교관을 담은 글을 쓰기 시작했다. 쓰다가 보니 욕심이 생겼다. 주고받는 교환의 사랑을 넘어야 행복하다는 글도 쓰고 싶었다. 자신은 한

아름 사랑하는데 내 사랑을 받는 사람은 한주먹도 안되게 나를 사랑한다고 생각하면 불행해진다. 그러므로 평생 함께하는 부부간에는 절대적 사랑이 필요하다는 글도 담았다. 발간을 망설이다가 결국 발간을 했다. 경남도 관내에서 공무원이 수필집을 발간한 일은 처음이라고 했다. 발간된 책을 시청 출입 기자들에게 한 권씩 드렸더니 적극적으로 홍보하겠다고 했다. 나는 은근히 기대하고 있었는데 어느 날 한 분이 나에게 와서 "기자들이 의논한 결과 스와핑을 유도하는 내용이 많아서 홍보하지 않기로 했다."라고 말했다. 나는 분명히 주고받는 사랑을 넘어 절대적인 사랑을 해야 상대방을 섭섭하게 생각하지 않고 끝까지 사랑할 수 있으므로 행복할 수 있다는 글을 썼는데, 그들의 눈에는 그렇게 보였던 것 같다고 생각하고 "수고하셨습니다. 그냥 두세요."라고 단호하게 그 이상을 잘라버렸다. 지금 생각하면 그때의 나 자신이 후회스럽다. 봉투라도 건네면서 거래를 이어보았더라면 그 책이 많이 팔렸을지도 모른다는 생각이 든다.

(2023. 봄. 20년 전을 회상하며)

아닌 것은 아니라고 말했다

다른 동료들은 별 탈 없이 잘 넘어가고 승진도 잘하던데 내가 가는 길은 매번 굽이마다 험한 가시밭길이다. 나의 성격이 모가 나서 무슨 인덕이 있겠나 하고 달래보지만, 그럴 때마다 억울하고 분한 마음이 솟구친다.

IMF 구제금융 시절이었다. 사무실에서 민원 처리를 하고 있는데 시장 비서로부터 시장실로 빨리 들어오라는 시장의 지시를 전해 들었다. 영화세트장을 만들기 위해 농업용시설만 가능한 농업진흥구역 농지를 잡종지로 전용하라는 지시를 국장을 경유하지 않고 직접 하실 것 같다고 생각하면서 시장실에 들어갔다. 15명 정도 서기관급인 국장들이 굳은 얼굴로 앉아 있었다. 무슨 일인지 직감으로 느낄 수 있었다. 아닌 것은 아니라고 말을 못하고 겁에 질린 듯 앉아 있는 모습이 불쌍하게 보였다. 나는 7급 시절, 군수 에게 인사 문제로 대들은 경험이 있다.

시장은 나를 옆에 앉으라 하고는 추측한 대로 영화세트장을 설치하고자 하니 농업진흥 구역의 농지를 잡종지로 전용하라고 지시했다.

"시장님 저는 못 합니다."

"시장인 내가 책임질게."

나는 시장의 말에 화가 났다. 직원들은 시장의 보조역할을 하는 것에 불과하다. 아무 탈이 없으면 시장이 기안 용지에 바로 결재하고 지시하면 진행된다. 그리고 시켜도 안 하는 직원은 직무유기 또는 불복종으로 징계하면 되는 것이다. 이렇게 쉬운 일을 직접 불러서 강요하는 이유는 무엇일까. 결국 사후에 문제가 생기면 먼저 부하가 당하고 나중에 로비를 통하여 구제해 보겠다는 것이다. 나는 이런 윗사람이 싫었다.

"조례 같으면 몰라도 농지법을 시장님께서 어떻게 책임을 집니까?"

따지는 나의 말에 시장은 자리에서 벌떡 일어났다.

"시장이 책임진다고 해도 못 하겠다 이거지."

"예, 그렇습니다."

"나가!"

나는 시장을 둘러싸고 있는 서기관 국장들을 둘러보고 유유히 나왔다. 한 놈도 아니 된다고 시장을 달래지 못하고 6급 주사를 여기까지 오도록 하나면서.

나의 직속 국장은 내 눈을 피했다. 내가 근무하던 그곳뿐만 아니라 어느 직장이든 책임질 줄 알고 부하를 감싸는 상급자는 드문 것 같다. 좋은 일이 생기면 결재 갑을 들고 최고권자를 찾아가고, 야단 듣는 일은 부하를 시키는 상급자는 계급장을 떼어야 하는데 최고권자는 그래도 예스라고 말하는 그런 참모를 더 좋아한다. 그들은 가정교육을 잘(?) 받아서 그런 것 같다. 우리는 어른들이 야단을 치면 일단은 "예" 하고 받아들이고 다음에 기분이 좋은 날 봐서 얘기해야 한다는 말을 늘 들으면서 자랐다. 이제는 이 문화에서 벗어나야 한다고 말하고 싶다. 아닌 것은 바로 아니라고 말하는 세상을 만들어 보자.

지방행정제도 개선을 주장하다

2000년 11월 김해시공무원직장협의회 회장을 맡고부터 공무원 내부 조직 내 인사시스템에 대하여 평소 느껴오던 생각들을 정리하게 되었다. 그 결과 2001년 4월에 〈지방자치단체 계급·보수체제의 개선방안〉이란 제목으로 33페이지 분량의 글을 중앙도서관에 등록하고 책으로 펴냈다. 그중에서 개략적 내용을 소개하면 다음과 같다.

우리나라 지방자치단체의 조직은 전형적인 피라미드 형태의 계급으로 구성되어 있으며, 그 계급 구조는 조직 내 정치적 분위기를 조성하는 가장 큰 요인이 되고 있다.

누구든지 처음에는 정정당당하게 승진하려고 노력하지만, 상대방과 비교하여 자신이 불리하다고 느끼면 비합리적인 수단을 생각해 보는 것이 상례다.

권력 쟁취를 위해 비합리적 수단을 쓰는 자신들은 자신이 비굴한 행위를 하고 있음을 모르거나 알아도 이를 금방 합리화하여 편안한 상태를 찾는다. 이런 사람이 많을수록 그 조직은 비생산적이 되고, 나아가 국가 전체의 경쟁력을 떨어뜨리는 원인이 된다는 것을 모르는 사람은 없다고 본다.

따라서 조직의 생산성을 높이기 위해서는 조직 구성원에 대한 관리가 투명하고 공정하게 이루어져야 하며, 개인의 불합리한 주관적 의견에 따라 관리되어서는 안 될 것이다. 따라서 현행 시행하고 있는 9단계 계급제도를 폐지하고 다방향 디지털관리제도(Digital Management System)를 도입해야 한다고 보았다. 현행 민선 자치단체장은 임기가 4년이고 연속하여 3회까지 가능하다. 총 12년 연임이 가능하다. 속된 말로 한 번 밉보이면 12년 동안 한 번도 승진하지 못한다. 이런 폐단을 개선하기 위하여 민선 단체장이 교체되면 그동안 억울하게 승진 못 했던 것을 만회하여 2단계도 승진할 수 있도록 함과 동시에 반대로 능력이 없는 자가 급속도로 승진한 경우는 2단계도 강임할 수 있도록 하였다.

한편 디지털 관리제도의 보수 면에서는 현 정부의 현행 호봉제와 비슷하지만, 직책 관리에 있어서는 현재 대학에서 실시하고 있는 보직 관리 방법과 비슷하다고 볼 수 있다. 즉 상위직책에 임용된 자가 능력이나 성과가 부진하거나 본인이 지도. 관리보다는 일선에서 단순 업무를 처리하거나 재충전 기회를 얻고자 할 때 하위 직급으로 이동할 수 있도록 제도적으로 설계되어 있다.

디지털 관리시스템에서의 기본적 보수체계는 직책과 상관없이 자격 소유와 경력이 늘어나면 보수도 이에 비례하여 늘어나다가 일정한 나이부터는 한 해에 일 등급씩 감하는 것으로 한다. 즉 임금 피크제를 도입하는 것이다. 기본적 보수를 직책과 상관없이 별개로 산정하는 것은 기본적 생활비를 보호함으로써 직책승진에 구애됨이 없이 소신껏 일할 기회를 제공하기 위함이다. 대학에서의 전공과목이 직장에서의 업무유형과 같은 경우에는 대학교의 학과목 이수 경력을 호봉으로 산정해 준다. 이렇게 하면 대학입시의 학과 선택도 보다 신중할 것으로 기대된다. 한편 기본적 보수와 비교하여 자신의 성과가 크다고 주장하는 자는 그 불만을 성과급에서 만회하는 기회를 제공한다. 이때 성과급 산정은 상대평가가 아닌 객관적 업무실적으로 산정한 절대 평가 점수를 반영하되 예산의 범위 내에서 주도록 한다.

또한 민선자치단체의 인사권은 참모급까지로 제한한다. 그 이유는 하부직원들까지 승진을 위하여 선거 때마다 줄서기 하는 것을 막기 위해서다.

3

모난 돌에 비친 세상

가야문화축제

김해시청에서 문화예술 팀장으로 근무한 지도 벌써 십 수 년이 지났다. 그때는 "가락문화제"라고 했다. 축제가 시작될 무렵이면 해마다 어디에 초점을 두고 개최할 것인가에 대하여 고민한다. 그 결과는 크게 다르지 않았다. 한결같이 시민들과 시장님은 "가락문화제"가 가락 문화를 제대로 나타낸 것이 있느냐고 따졌고, 나는 제대로 변명하지 못하고 "다음 축제 때는 제대로 가락 문화를 담은 문화제를 개최하겠습니다."라는 변명으로 그 순간을 벗어났다.

그러나 그 순간이 벗어났다고 해서 편하지는 않았다. 누구 말처럼 누우나 서나 걱정했고, 아무나 만나면 좋은 안이 없는가에 관하여 물었다. 답은 분분했다. 〈허왕후 신행길을 재현하고, 아들 한 사람만 김해김씨로 지은 여성 상위정신이 가락국 때부터 있었다는 것을 알리는 축제를 해야 한다.〉 〈허왕후가 인도에서 배를 타고 온 만큼 조선 기술이 뛰어나고 해상을 통한 무역이 활발한 나라였음을 고려하여 해양박람회를 개최해야 한다〉라는 등이다.

그런데 구체적으로 들어가면 마음에 와닿는 안은 없었다. 여성상위라는 것도 남녀평등의 사회에 비하면 전 근대적이고, 국제결혼을 다문화라고 보고 다문화 축제를 한다는 것도 머지않아 국제적 다문화사회가 될 텐데 다문화를 강조하는 것도 뒤떨어진 것 같은 느낌이 들었다. 그래서 문화예술 팀장 시절은 늘 괴로웠었다.

그러다 지난 3월 문인협회에서 주관하는 전국백일장 행사를 가야문화제전위원회와 의논하기 위해 제전위원회 사무실로 가는 도중 뜻밖의 생각이 떠올랐다. 김해시에서 해마다 개최하는 가야문화축제는 〈김해시민의 잔치〉이어야 한다는 생각이었다. 그래서 그날 가야문화축제 제전위원회 사무국장에게 "가야문화축제의 정체성은 김해시민의 잔치로 봐야 한다."라고 말씀드렸다.

가야문화축제의 명칭을 변경하기 전인 가락문화제처럼 동부 서부로 나누어 지역별 줄다리기도 하고, 시민 노래자랑 및 시민 백일장을 개최하는 등 그 축제 기간만큼은 우리 시민들이 직접 참여하고 서로 부둥켜안고 음주·가무가 넘쳐나는 지역 한마당 잔치가 되어야 한다.

그러므로 가야문화 축제에서 2천 년 전의 가야문화를 재현한다는 난센스는 이제 더 이상 거론되어서는 안 된다고 본다. 2천 년 전의 가야문화는 대한민국 전체에 녹아있는 대한민국 문화이지 김해만의 문화는 아니기 때문이다.

가치의 기준

본격적인 무더위가 시작되는가 싶다. 2016년 7월 20일 수요일 해질녘이다. 커피 생각이 나서 무게 천변에 있는 어린이집에 들렀다. 교직에서 정년퇴직하셨으며, 오래전부터 교회 장로이시고 이곳 어린이집 원장의 남편을 나는 좋아하기 때문이다. 오늘도 특별한 일이 있어서 보다는 집으로 가는 길목이라서 들렀다.

장로님은 반갑게 맞아주시면서도 내가 어인 일로 왔는가 싶어 의아해하시기에 커피 한 잔 달라고 했다. 나는 정말 커피를 너무 좋아하기 때문에 한 말이다. 커피를 끓이려면 장로님이 일어서야 하는데 가만히 앉아 계시기에 옆방에서 누군가 제가 커피를 원한다는 말을 들었는가 보다 하고 기다렸다. 내 생각대로 역시 주방에서 아주머니가 커피를 끓어 오셨다. 수수하게 차려입었지만, 귀티가 흐르는 모습을 숨기지 못했다. 약간 글래머 몸매에 예쁜 얼굴이어서 부잣집 사모님 같다고 생각하면서, 커피를 놓고 가는 그 여인의 뒷모습을 바라보고 있는데, 인제 그만 보라는 듯 장로님이 그 여인을 두고 말씀하셨다. “저 아주머니는 모 대기업 이사 부인인데 이곳 어린이집 주방 일을 하고 계십니다.”

이곳에 오면서 ‘가치의 혁신’이란 화제로 장로님과 대화하고 싶었는데, 커피를 타 주신 그 여자분 덕분에 대화가 순조로울 것 같다는 생각이 들었다.

이곳 어린이집의 원장은 나와는 장유초등학교 동창이며 나보다는 한해 후배다. 그러고 보면 남편인 장로님은 아마 나보다는 두 해 정도 연배로 보면 맞을 성싶다. 그래서인지 장로님은 나에게 언제나 말씀을 조심스럽게 하시는 것 같고, 나는 어리다는 핑계로 부담 없이 대하는 편이다. 테이블에 커피잔을 두고 장로님과 같이 앉았다. 하고 싶은 말을 하기 위해서 어린이집에는 방학을 언제 하느냐고 여쭈었다.

“어린이집은 원래 방학이 없는데 학부모님들에게 양해받아 며칠 정도 휴가를 하는 실정입니다.” 참으로 안타깝다는 듯 장로님이 말씀하셨다.

“부부가 직장에 다닐 때는 어떻게 합니까?” 잘 알고 있지만 다음 말을 하기 위해 여쭈었다.

“우리 선생님들이 근무 조를 편성하여 돌보고 있습니다.”

“어린이 보육이 가장 중요하다고 하면서 실제로는 보육교사의 근무 환경이 매우 열악하다는 생각이 듭니다.” 나의 말에 장로님은 아군을 만난 듯 애로사항을 말씀하셨다.

"우리 보육교사는 매우 힘들게 근무하지만, 보수는 정부의 최저 임금 수준입니다. 정부의 지원금이 상향 조정 되어져야 합니다."

나는 기다렸다는 듯 장로님의 말씀을 받았다.

"저도 같은 생각입니다. 저는 심지어 이런 생각까지 합니다. 초, 중, 고, 대학교수까지 보육교사와 보수가 같아야 한다고 봅니다. 학교 교사뿐만 아니라 일반 공무원도 9급에서 1급까지 1호봉(초임)은 똑같아야 한다고 봅니다."

"의원님의 말씀은 언뜻 들으면 오해의 소지도 있는 것 같습니다. 보육교사는 고등학교를 졸업하고 1년간 보육교사 양성 과정을 이수하면 되는 데 비해 대학교수는 대학 4년과 대학원 5~6년을 더 다녀서 박사학위까지 받은 분이 대부분인데 거기다 비교하는 것은 좀 지나치다는 말을 들을 것 같습니다."

보육교사의 근무환경과 보수가 너무 열악하므로 정부의 대폭적인 상향 지원이 필요하다고 하신 장로님의 말씀은 다른 초, 중, 고 교사들과 비교해서 나온 말씀이 아니고 보육교사 그 자체로서 보수가 너무 미흡하다는 말씀으로 이해되었다. 또한 현재의 관념적 틀을 깨는 것은 여러 가지 극복해야 할 문제가 많다는 말씀이었다.

"현실적으로 실현하는 데 문제가 많다는 걸 인정합니다. 그러면서도 저는 화가 납니다. 왜 사람들이 비교할 수 없는 가치에 대하여 상호 비교하고 제멋대로 잣대를 대는지에 대하여 화가 납니다. 경제 교과서에 나오는 희소가치가 높기 때문이라고 하겠지요. 이것도 인정합니다. 그렇지만 처음 출발할 때는 보수가 같아야 한다고 생각합니다. 그 후부터 더 많은 시간을 일하여 생산성을 높이거나 더 많은 아이디어를 개발하는 사람은 당연히 그것에 상응하는 성과급을 받아야겠지요. 그러나 어디까지나 기본급은 같아야 한다고 봅니다. 육체와 정신 중에서 어느 쪽이 더 가치가 있느냐고 묻는다면 대답할 수 없는 것과 같은 논리에서 출발합니다. 예를 들어 머리가 좋아서 박사학위까지 취득하고 대학교수도 충분히 될 수 있는 바탕을 지니고 있지만, 그보다는 어린아이 돌보는 일을 하고 싶다면 과연 그 분에게 대학교수보다 적은 보수를 드려도 된다고 말하는 사람은 없으리라 생각합니다. 따라서 적성에 맞는 일을 찾아서 하게 하려면 상대적으로 차별화하는 가치를 바로잡는 일이 우선되어야 한다고 봅니다. 새벽을 깨끗하게 열어가는 청소부와 막힌 하수구를 뚫어주는 배관수리공, 사무실에 앉아서 기획하는 사무원 등 모두가 똑같이 중요하고 서로 비교할 수 없는 가치를 가지고 있으므로 차별화해서는 안 된다는 것입니다."

나는 더 말하고 싶었지만 배가 고파서 참았다. 이 정도까지도 들어주는 사람은 찾아보기 어려운데 장로님은 싫은 내색 없이 들어주셨다. 나의 말이 너무 길어질까 봐 일부러 참아 주시었는지도 모른다. 무엇보다도 사모님이 차려놓은 저녁상을 맞이하셔야 할 것 같아서 나는 자리에서 일어났다. 그리고 운전하면서 못다 한 말을 혼자 하기 시작했다.

"협동조합의 조합장과 계약직 직원의 초임도 같아야 한다. 골치 아픈 조합장보다는 나는 고객에게 친절을 베푸는 판매원이 되고 싶다면 이 또한 조합장과 동급의 가치를 부여해야 한다고 본다. 물론 성실함과 생산성으로 받는 성과급은 당연히 달라야 한다고 본다. 그러기 위해서 우리 사회는 가치의 혁신이 필요하다. 빈부의 격차, 지적 수준의 격차, 아름다움의 격차 등 수많은 양극화 현상에서 오는 상대적 박탈감이 사회질서를 위협하고 있다. 그 강도는 날이 갈수록 더 위협적으로 다가오고 있다. 그 상대적 박탈감을 해소하기 위해서라도 가치의 혁신은 필수적이라고 본다."

보이지 않는 나와 얘기하는 중에 어느새 어둠이 짙게 깔려버렸다.

이제 오늘 하루를 정리할 시간이 온 것 같다. 이럴 때는 언제나처럼 누군가와 더불어 살면서도 나를 기준으로 기록을 남기고 싶어 한다. 오늘도 내가 사람들에게 들은 얘기보다는 내가 사람들에게 했던 말들을 주로 하여 기록하고자 한다. 여러 말 중에 "모든 가치의 기준은 언제나 똑같아야 한다."라는 말을 남기고 싶다.

우리가 달리기 경주를 할 때 똑같은 선에서 출발하듯이 처음은 언제나 같아야 한다. 예외로 약자와 달리기를 할 때는 앞세우고 뒤늦게 출발하는 경주를 하기도 한다. 그런데 스포츠가 아닌 경쟁사회에서는 약자와 똑같은 선에서 출발은커녕 오히려 뒤 늦게 출발시켜 결과의 차이가 너무 심하게 나타나는 경우를 볼 수 있다. 한편 성실하게 일하였음에도 개인의 사정에 따라 결과가 미흡하게 나타나는 때도 있다. 그러나 이런 경우는 신세타령은 할지언정 불공평하다고 억울해하지는 않는다. 그러므로 시작할 때는 언제나 똑같은 선에서 출발해야 한다고 거듭 말하고 싶다.

김해시 장유에 살고 있는 김근호라는 사람은 2016년 칠월 이십일 반용산 기슭에서 이런 생각을 했다고 남기면서 또 하루를 접는다.

갑오회

20대 중반, 추월산 기슭에서 나고 자란 갑오생 남자 친구들만 모여 "갑오회'라는 모임을 만들었다. 사십 년이 지난 지금까지 크게 싸워본 일 없이 이어오고 있다. 6·25동란의 휴전으로 고향으로 돌아온 청년들은 어느 집 할 것 없이 아이를 만들다 보니 다른 또래보다 우리 또래가 가장 많았다. 여자애는 제쳐두고도 열 명이었는데 몇 년 전 두 놈은 돌아올 수 없는 곳으로 가버리고 지금은 여덟 명이다.

해마다 추석을 앞둔 토요일은 부인과 동반하지 않고 남자친구들만 모이는 날이다. 어린 시절 숨겨두었던 추억을 마음껏 되새기고 싶어서다. 오늘 모임에는 여섯 명만 참석했다. 한 명은 몸이 불편하고 한 명은 바빠서 참석지 못했다.

서로 반가운 인사를 나누고는 삼겹살 앞에 둘러앉았지만, 예전과 달리 술잔만 권하고 아무도 말이 없었다. 전에 같으면 헤어질 때까지 웃고 떠들었는데 오늘은 너무 조용하다. 검찰총장이 법무부 장관 후보자의 부인 정경심 교수를 사문서위조로 기소 처분을 함으로써 다들 하고 싶은 말들이 많을 것 같은데 아무도 말이 없었다.

나는 친구들의 속내를 알고 싶었다. 자연스럽게 불을 질러야겠다는 생각으로 기회를 엿보고 있는데 G가 어머니 근황을 묻기에 지난여름부터 기력이 많이 떨어져 밭일은 못 하신다고 전했다. 어머니가 돌아가시면 양도소득세 부담이 없는 집을 팔아서 시골에 천 평 정도 땅을 사서 손수 굴삭기로 잔디밭도 조성하고 아담하게 집을 지어 살 계획을 하고 있다고 말했다. 이 말에 친구들은 이 좋은 곳을 두고 문화시설도 없는 골짜기로 가느냐고 한결같이 입을 모았다. 밤에는 글 쓰고 텃밭에서 나온 고구마도 구워 먹고 고상하게 살려고 했는데 문재인 하는 짓 보니 사회주의로 갈 것 같아서 솔직히 불안하다고 했더니 다들 그렇게는 절대 안 된다고 했다.

갑질하는 사회는 이미 지나가고 을질하는 사회가 왔다. 갑은 소수고 을은 무리다. 무리가 갑을 조종하는 사회가 온 것이다. 무리는 노동자들로 똘똘 뭉쳐있다. 갑은 개별적이라서 투쟁력이 약하다. 법은 있어도 무용지물이다. 사람이 먼저라는 깃발 아래 촛불만 들면 안 되는 것이 없는 세상이다. 이 말에도 친구들은 똑같이 입을 모았다. 자유민주주의 물이 들은 지가 벌써 몇십 년이 흘렀는데 이제 사회주의로 가는 길은 불가능하다고.

사회주의로 갈 것 같다는 나의 우려는 처음부터 화젯거리가 되지 않는다는 분위기였다. 나는 다시 친구들의 말에 기름을 부었다. 그렇게 말이 많은 사회주의자 조국을 법무부 장관으로 임명하겠다는 것은 공수처 만들어 야당을 적폐로 몰아붙이고, 박근혜 대통령을 3·1절 특별사면으로 풀어 야당을 분해한 후 4월 총선에서 압승하고, 중국과 베트남 같은 사회주의 헌법 만들고, 그러다 북한과 합의하여 고려연방 체제로 가기 위해서가 아닌가 하고 반문했더니 드디어 분위기가 확 달아올랐다.

먼저 중견기업 대표이사 출신인 G가 입을 열었다. 사모펀드 투자와 조국 딸 사문서 위조는 조국 처의 소행이라고 볼 수 있겠지만 아직 확실한 것도 아니며, 설사 사실이라고 해도 가족들의 부도덕한 행위를 빌미로 국가 혁신의 가장 적임자인 조국을 죄인 취급하는 것은 바람직한 일로 볼 수 없다. 그리고 일제 강점기 강제노역으로 노동을 착취한 일본기업은 강제노역 피해자들에게 개별적으로 배상해야 한다는 대법원의 판결은 올바른 판결임에도 불구하고 일본이 한국 대법원의 판결을 빌미로 화이트리스트에서 한국을 배제하여 경제적 보복을 하는 것은 왜놈의 근성을 잘 나타낸 짓이며, 문재인 정부가 이에 굴하지 않고 지소미아 폐기를 선언한 것은 아주 잘한 짓이다. 이처럼 불합리한 것을 바로 세웠는데 야당에서는 이러한 정치 행각을 자유민주 우방인 미국과 일본을 멀리하고 사회주의로 가기 위한 전초전이라고 오해하는 것 같다.'라고 말했다. G의 말은 KBS와 MBC에서 많이 들어본 말이었다. 지금까지 듣고만 있던 S는 G의 말을 받아 아베가 먼저 싸움을 걸었던 것이 아니고 문재인이 먼저 아베에게 싸움을 걸었다고 말하면서 나를 쳐다보며 너는 어떻게 생각하느냐고 물어왔다. 나도 문재인 정부가 아베에게 먼저 싸움을 걸었다고 생각한다면서 나름의 생각을 말했다.

제2차 세계대전 후, 미국은 한국과 일본이 다시 국교를 맺어 공산주의에 대항하기를 원했지만, 한국은 일본이 사과와 배상부터 할 것을 요구함으로써 협상이 결렬되었다. 그 후 5·16 군사 정변으로 정권을 잡은 박정희 정부가 경제 개발에 필요한 자금을 확보하기 위해 1965년 국민들의 거센 반대를 무릅쓰고 마침내 한일 협정을 타결했다. 당시 일본은 식민 지배에 대해 사과를 하지 않았고, 한국은 청구권 3억 달러와 경제 차관 3억 달러를 지원받는 대신 식민 지배의 피해에 대한 모든 보상과 배상을 포기했다. 따라서 일제의 징용이나 징병, 일본군 위안부 피해자들이 일본기업이나 정부를 상대로 피해 배상을 요구하면 일본은 한일 협정으로 모든 것이 마무리되었다고 주장하고 있다. 따라서 당시의 협정 추진이 성급했다는 비판이 지금까지 이어지고 있다. 따라서 1965년 한일 협정은 두 나라 간에 협정의 공정성을 두고 시비가 엇갈리지만, 협정 당시는 양쪽 다 만족하는 선에서 협의를 마무리하였다고 생각된다. 70년이 지난 지금까지 큰 무리 없이 지내왔다는 것은 묵시적 인정으로 볼 수 있고, 또한 우리나라의 경제 사정과 위신을 고려한다면 강제노역과 위안부에 대한 배상 문제는 우리 스스로 처리하는 것이 오히려 일본을 이기는 것으로 생각한다.

한편 박근혜 정부 때 위안부 배상 문제에 대하여 1965년 한일 협정과는 별도로 한일 간 협의가 있었는데 그 후 문재인 정부는 위안부 처리 문제는 잘못된 협의이므로 없었던 것으로 간주함으로써 국제법적 질서를 무너뜨린 것이다. 1965년 한일 협정으로 일본으로부터 받은 금액은 강제노역 등을 포함한 포괄적 배상임을 문재인 정부도 알고 있다고 본다. 그러면서도 강제노역 문제와 위안부 문제를 들추어 끊임없이 반일 감정을 불러일으키고 심지어 지소미아를 폐기하여 반미감정까지 이어지도록 하는 것은 국가체제를 달리하고자 하는 저의로 본다.

이까지 들어주던 J가 G 편을 들면서 말을 이었다.

강제노역에 대한 일본기업의 배상 판결은 순수한 개인의 인격을 존중하는 판결임에도 일본은 이를 정치적 대응으로 보고 한국을 화이트리스트에서 배제한 행위는 이미 경제보복을 하려는 빌미를 잡기 위해서였다. 그야말로 졸렬한 왜놈 근성을 드러낸 것이다. 또한 박근혜 정부 때 강제노역에 대한 배상청구권 소송을 보류했던 당시 대법원장 양승태는 아주 비겁한 놈이라고 말했다.

나는 갑자기 J의 말이 못마땅했다. 국제법의 통례상 사법부는 사법자제원리를 채택함으로써 행정부의 외교 문제는 행정부와 국회의 의견을 청취하여 판단하고 있으며, 외국 정부가 자국의 영역 내에서 행한 공적인 행위에 대한 사법적 판단은 회피해 온 것이 통례라고 했다.

J는 흥분하기 시작했다. 지금까지 미국이 우리를 순수한 마음으로 도와준 것은 아니지 않은가. 이제 중국과 손을 잡고 미래를 개척해 가야 할 때이므로 지소미아 폐기는 아주 적기에 잘한 일이라고 말했다. 이 말을 받아 중국은 미국보다 더 좋은 나라냐고 J에게 물었더니 갑자기 S가 끼어들었다.

"중국은 미국보다 훨씬 더 나쁜 나라다. 오래된 역사는 말할 필요도 없거니와 근래만 살펴보아도 동북공정 서북공정을 통해서 수많은 민족을 괴롭히고 있는 나라임을 알 수 있다. 앞으로 중국은 북한은 물론 남한까지 자국의 속국으로 만들어 갈 것으로 본다."라고, 마치 나의 대변인처럼 말했다.

S의 말을 이어서 조선시대 양반들은 실리보다는 명분을 두고

파벌을 조성하다가 수모를 당하였으며, 조선조 말기에는 펼쳐진 글로벌 세상을 바라보지 못하고 우리민족끼리 잘 살 수 있다고 큰소리치다가 결국은 나라를 빼앗긴 아픈 역사를 얘기하고 싶었는데 꾹 참았다. 우리 모임의 앞뒤에 다른 모임도 있어 장시간 소란을 피우는 것은 실례라고 생각하고 화제를 바꾸었다.

이번 추석을 앞두고 국세청에서 주로 자영업자를 대상으로 근로장려금을 지급했는데 대부분 150만 원에서 300만 원까지 지급했다고 했더니 친구들은 의외로 금시초문이라면서 현 정부를 좋아하던 친구까지 합세하여 현 정부를 욕하기 시작했다. 이 말은 분위기 전환용으로 써먹기 위해 호주머니 속에 넣어두었던 말인데 의도대로 효과가 있었다.

오늘 모인 친구 중의 두 명은 예상대로 말이 없었고, 중등학교 사회 교사로 재직했던 S는 현 정부에 대하여 우호적일 것으로 예상했고, 부잣집 아들로 태어난 J와 중견 기업체 대표이사로 재직했던 G는 개인의 인격과 자유를 중시하는 나의 가치관과 같을 것으로 생각했었다. 결과는 예측과는 정반대로 나타났다. 근래와서 꼬치 친구인 갑오회 친구들과 깊이 있는 대화를 나눈 적이 없었다는 것을 새삼 느꼈다.

술자리에서 일어나면 보통 노래방으로 가는데 오늘은 찻집으로 갔다. 장소를 옮긴 후 아무도 정치 얘기를 하지 않았고, 옛날 얘기만 하다가 헤어졌다. 술자리가 있을 것을 예상했기에 차를 집에 두고 와서 걷기 시작했다. 술 먹고 걸어도 집까지 30분이면 족한 거리라서 편하게 걸었다.

개인이든 국가든 원수를 원수로 갚으면 또 다른 원수를 낳는 악순환이 거듭된다. 다시는 그런 일이 일어나지 않도록 철저히 규명하여 단죄해야 한다는 주장도 때로는 필요하겠지만 바라보는 시각에 따라 세월이 지나면 선의가 악으로 변하여 부메랑처럼 되돌아올 수도 있기에 과거를 들춰내서 단죄하는 일은 피하라 하고 싶다.

앞서 말했듯이 박정희 정부는 1961년부터 기아에서 허덕이는 국민을 구하고 부강한 나라를 건설하기 위해 고민하다가 겨우 얻어낸 것이 1965년 한일협정이었다. 고생 끝에 협정을 체결하고 그 대가로 받은 금액으로 경제대국의 초석을 세웠지만 결과는 잘못된 역사로 변하여 반세기가 훨씬 지난 지금까지도 박정희 일가는 물론 국민 간 편 가르기에 이용되고 있다. 이런 일을 주도하는 세력의 종말은 어떻게 될 것인가! 옛것을 거울 삼아 미래를 지향하는 일은 바람직하나 과거를 들추어 적폐로 단죄하는 일은 퇴보의 길이요 악순환 굴레를 만드는 일이다.

반세기가 지난 일을 들추어 명분을 찾고자 움직이는 힘이 국력을 분열시키고 있다. 이런 때일수록 조선시대 인조의 삼전도

굴욕을 되새기면서 명분과 실리를 적절히 취하는 지혜를 찾아야 한다는 생각이 든다.

생각에 빠져 걷다 보니 30분이 너무 짧게 느껴진다.

거세

지난 봄날이었다. 김해 시보 11면에 "김해시, 올해 길고양이 750마리 중성화한다."라는 기사가 눈에 띄었다. 길고양이 중성화 사업으로 적절한 개체수를 유지해 시민 불편을 없애고, 사람과 길고양이가 공존해 살아갈 수 있도록 한다는 내용이었으며, 이 사업은 동물보호단체와 간담회를 가진 결과라고 했다.

'중성화'는 단순히 불임을 가져오는 정관수술이나 난관수술과는 다르다. 중성화 수술은 동물의 생식 기능을 잃게 만드는 행위로서 다른 말로는 거세(去勢)라고 한다.

가축의 거세는 생식을 막고 수컷 호르몬의 분비를 격감시켜 성욕을 낮춤으로써 성질을 온순하게 하여 육질과 양을 늘리기 위해 시행한다고 들었다.

고양이와 개를 비롯한 반려동물들은 발정기에 상당한 스트레스를 받아 엄청나게 날뛰기 때문에 문제가 일어나지 않게 하려고 중성화하는 경우가 많다고 한다. 반려동물에 대한 사람의 행위가 너무 가증스럽다. 차라리 사자가 사슴을 사냥하여 먹듯이 그냥 잡아먹는 것이 오히려 더 낫지 않을까 싶다.

자치단체에서는 시민의 혈세로 반려동물이 아닌 길고양이까지 사람과의 공존과 고양이 개체 조정을 위하여 수컷을 중성화한다는 사업계획을 발표하였다. 이 사업은 엄연히 동물보호가 아닌 동물학대 행위다.

나도 한때는 반려동물이 있었지만, 지금은 없다. 반려동물이 싫어서가 아니고 이별할 자신이 없어서다. 사람이든 동물이든 영원한 인연은 없다. 벌써 몇 번의 쓰라림이 있었기에 이제는 더 이상 이별의 원인을 만들고 싶지 않아서다.

한 십오 년 전에 말을 사육하고 승마를 즐긴 때가 있었다. 그녀는 무척 나를 좋아했지만 때로는 자신의 등에 오르는 나를 거부할 때도 있었다. 나는 그녀를 무리하게 다루다가 낙마로 갈비뼈 3개가 부러져 고생한 적도 있었다. 하루는 발정이 나서 수말에 다가가 입맞춤해도 그 수말은 먼 산만 쳐다보고 아무 관심이 없었다. 말이 고자냐고 마주에게 물었더니 다루기가 힘들어 고환을 제거하여 중성화시켰다고 했다. 나는 암말 위에서도 떨어진 경험이 있는 터라 그 당시에는 그럴 수 있겠다고 생각했는데 오늘은 그 수말이 한없이 불쌍하다는 생각이 든다. 중성화를 위한 거세는 동물뿐만 아니라 사람도 거세한다는 말을 들어왔다.

고대 중국에서는 궁중에서 일하는 환관(宦官)들이 입궁한 후

왕의 여자들을 건드리지 못하게 하려는 목적으로 거세를 시행하였다고 한다. 왕의 여자인 궁녀들이 왕손이 아닌 후손을 낳아서 왕통이 어긋나는 일은 막아야 하니 이를 방지하는 차원이라고 말하지만 좀 더 파고들면 권력자인 수놈이 혼자 모두 가지려는 성욕 때문이 아닌가 싶다. 사슴도 그렇고 개도 그렇고 수탉도 그렇듯이 암컷을 나눠 가지는 예는 찾아보기가 어렵다.

고대 중국에서는 궁중 내시 외에도 형벌로 궁형을 시행하였다고 한다. 사형선고를 받고 돈을 많이 내거나 아니면 생식기를 자르는 궁형을 받으면 사형을 면해주었다고 한다. 그 예로 사기(史記)를 쓴 사마천의 궁형은 유명하다. 한 무제로부터 미움을 받아 사형을 선고받았는데 저술 중이던 사기를 완성하기 위해 죽음 대신 궁형을 선택했다는 일은 세계적으로 유명하다.

동로마 제국에서는 여자를 치료하는 의사는 반드시 성불구여야 가능하였다고 한다. 또한 반역자의 후손들에게 형벌로도 사용되었다고 한다.

미국 초기 역사에서는 토머스 제퍼슨이 간통이나 강간을 비롯한 성범죄를 저지른 자들에게 사형 대신 궁형으로 대체하는 법안을 만들었다고도 한다.

전쟁 후 포로에게도 거세가 행해졌는데 적군의 대를 끊고 적의 여자들을 차지하기 위함과 동시에 적군에게 모욕을 주려는 것이었다고 한다.

우리나라의 궁중 내시는 고려시대 때까지만 해도 고자(鼓子)가 아니었고 거세도 하지 않았으며 왕을 가까이서 모시던 엘리트 문관이었다고 한다. 지금으로 말하면 대통령실 비서의 역할에 가깝다고 한다. 우리가 소위 내시라고 말하는 거세를 한 관직으로는 따로 환관이 있었고, 고려 의종 이후는 일반 문신이 아닌 환관을 임명하였다고 하며, 하는 일은 조선시대의 내시와 같다고 한다. 따라서 내시의 거세가 조선시대에 등장했다는 표현보다는, 고려시대의 내시 역할은 사라지고, 환관이 내시라는 이름을 사용하게 되었음을 짐작할 수 있다.

특이한 것은 한편 조선의 경우 공식적으로 사사로이 거세하는 것을 법으로 금하고 있었고 궁형도 실행되지 않았다. 조선에서는 불효를 큰 죄로 다스렸고, 게다가 대를 이을 수 없게 되는 거세는 불효 중에서도 가장 큰 불효였기 때문이다. 중국이나 아랍권과 달리 환관이 권력을 갖지 못했기 때문에, 출세를 위해 환관이 되려는 풍조가 있었다는 기록도 없다. 조선 초기에는 궁형을 도입하자는 신하들의 요구가 있었으나 세종이 강경하게 반대하여 무마되었다고 한다. 여기서도 세종대왕의 훌륭하심을 새삼 느낀다. 따라서 선천적인 장애이거나 후천적인 사고로 인해 생식 능력을 상실한 남자아이를 수소문해 환관으로 썼다고 한다.

대부분 개에게 끔찍한 봉변을 당한 경우가 많았다고 한다.

과거에는 흔히 '똥개'라고 해서 아이가 화장실 볼일을 보고 나오면 개에게 핥게 해서 깨끗하게 하곤 했다고 한다. 이때 종종 개가 남자아이의 중요한 부위를 뜯어 먹어버리는 바람에 고자가 되어버리는 일도 있다고 들었다. 혹은 갓난아기가 방 안에서 변을 눈 채로 뭉개고 있으면 냄새를 맡은 개가 그대로 방 안으로 밀고 들어와 덮쳐버리는 일도 있었다는 얘기는 내가 어릴 때만 해도 자주 들은 얘기다.

실제로 개에 의해서 고자가 된 사례가 없는 것은 아니지만 금지한 조선의 법률 때문에 고자가 된 사정을 얼버무리느라 생긴 소문일 가능성이 높으며 실제로는 은밀히 거세 수술이 행해졌을 것으로 짐작된다. 어떻든 법률로서 거세를 금지해 왔다는 데서 조선이라는 나라가 새삼 돋보인다.

김해 시보 11면에서 “김해시, 올해 길고양이 750마리 중성화한다.”라는 기사를 읽는 덕분에 중성화하는 거세에 대해서 동물은 물론 사람까지 좀 더 알게 되었다.

동물이든 사람이든 성행위를 하는 순간이 가장 행복하지 않을까 싶다. 따라서 자신의 욕구 증대를 위하여 상대의 행복 추구 기능을 거세한다는 것은 참으로 잔인한 일이다. 이러한 행위는 살인보다도 더 중하게 형벌을 내려야 한다고 생각한다. 살아 있는 모든 것들은 비록 원하는 때에 성행위를 할 수 없다고 해도 할 수 있는 기능을 가지고 있으면 삶을 활발하게 살아간다. 그러나 성 기능이 거세되면 동물은 음식에 빠져들기 쉽고, 사람은 재물에 대한 욕구가 강하게 나타나 세상을 혼란에 빠뜨리는 사례가 많았다고 한다.

초기의 거세는 음경과 고환 모두를 자르는 수술을 했는데 대부분 얼마 지나지 않아 죽었다고 한다. 나중에는 고환만 잘라도 생식을 막는 원초적 거세의 목적이 충족됨을 알고, 고환만 자르는 형태로 변경된다. 고환을 자르는 것은 칼로 자르는 일도 있고, 줄로 오래 묶어두어 썩게 만들어 떼어내는 방법도 있었다고 한다. 후자가 고통이 적어 주로 사용되었다고 한다.

다시 김해 시보 11면에 게재된 “길고양이 750마리 중성화”라는 기사 내용으로 되돌아가서, 사람과 길고양이가 공존할 필요가 있는지 되묻고 싶다. 공존할 필요가 있다고 해도 개체수를 적당하게 유지하기 위하여 중성화 방법을 택하는 것은 너무 잔인하다. 개체수의 조정이 꼭 필요하다면 중성화를 위한 거세보다는 수컷의 정관수술을 하면 길고양이와 시민의 공존은 어렵지만 고양이 개체수를 줄이는 효과를 가져옴과 동시에 그들의 행복추구권도 어느 정도 유지할 수 있겠다는 생각이 든다. 제일 좋은 방법은 인위적 방법보다는 먹이를 주지 말고 그들 스스로 살아갈 수 있도록 하여 개체수의 증감을 자연에 맡기는 방법이다.

또한 반려동물을 중성화하거나 사람에게 편리하도록 신체를 손상하는 인위적 행위를 하는 자는 동물과 함께할 자격이 없다고 본다. 거세하고 밥을 주는 행위는 인간이 해서는 안 되는 일이라고 생각한다.

김해시에서 올해 거세당하는 길고양이 750마리는 천추의 한(千秋의 恨)을 품고 살아갈 것이다. 차라리 한을 품은 길고양이와 공존하니보다는 저세상으로 보내는 방법이 서로가 좋지 않을까 싶다.

코뮤니즘 유감

나는 1960년대 초등학교에 다녔다. 소련과 중공, 북한은 공산당이 지배하는 공산국가라고 배웠다. 똑같이 생산하고 똑같이 나눠 가지는 나라라고 배웠다. 그리고 북한군은 소련이 시키는 대로 하는 꼭두각시라고 하여 괴뢰군이라고 불렀다.

그러다 좀 더 자라서는 북한은 소련을 비롯한 일당독재의 국가와는 다른 일인 독재의 왕국인 것을 알게 되었다. 그런 북한을 공산국가(共産國家)라고 부르는 것이 불만스럽고 짜증이 났다.

요즘은 공산국가라고 부르는 사람은 거의 없는 것 같다. 좀 고상한 말로 사회주의 국가라고 부르기도 하고 인민민주주의라고 부르는 것 같다.

마르크시즘에 의하면 사회주의는 공산주의와 자본주의 과도적 형태로서 소유 재산과 집단화 프로그램의 통제를 위하여 여전히 국가가 존재한 데 비해 공산주의는 국가마저 해체된 이후에 등장하는 사회의 최종적 진화 단계라고 주장한다. 따라서 공산주의 사회에서는 능력껏 일하고 필요한 만큼 취득한다는 이론이다. 나는 여기서 드디어 느끼는 바가 있다. 62년 전 내가 초등학교 입학했을 때 사회주의국가라고 부르던 나라들을 공산국가라고 불렀는데 그때의 공산국가는 국가마저 해체된 이후에 등장하는 사회의 최종적 진화 단계가 아님을 알고 그 이전 단계로 후퇴하여 사회주의국가라고 불렀다면 그들은 그나마 양심 있는 자들이다.

나는 마르크스가 말하는 공산주의 사회건설이 가능하다면 참 좋을 것 같다. 이건 아디까지나 이상향이지 아직은 지구상에 존재하지 않는다. 왜냐하면 김정은 월급과 탄광에서 일하는 광부의 월급은 같지 아니하며, 또한 계급사회이기 때문이다. 그런데 왜 초등학생에게 북한은 공산주의라고 가르쳤을까. 그리고 지금도 공산주의 국가란 말을 사용하는 사람이 많다.

지구의 환경 조건상 공산사회 건설을 하지 않고는 인류가 멸망한다면 그때는 가능할지도 모른다. 사람은 상대적으로 우월하고 싶고 가능한 기회만 있으면 욕구를 채우고 싶어 하는 생물이기에 하는 말이다. 그러므로 이 세상에는 공산주의 국가는 없다. 단 한 곳도.

그리고 공산주의는 아니지만, 우리 사회는 아직도 사회주의 국가를 동경하는 사람들이 많다. 나는 여기서 재미있는 사실들을 발견해 왔다. 사회주의 국가를 동경하고 사회주의 사상이 강한 정당을 후원하는 사람 중에 자본주의적이고 이기적인 사람을 볼 수 있다는 것이다. 어쩌면 이런 모순을 정작 자신들은 모르고 있다는 생각이 들었다.

기울지 않는 막대그래프

도예협회로부터 전시출품 부탁을 받고 도자기에 글을 쓰기 위해 의원실에 들렀다. 무슨 내용을 쓸까 하고 사전에 고민하고 온 것은 아니다. "나 자신의 발전은 주변을 평화롭게 한다."라는 글을 쓰려다가 너무 흔한 것 같고, 또 모처럼 필을 잡고 도자기에 쓰는 데 뭔가 좀 많이 쓰고 싶다. 한참 망설이다가 결국 도자기 포장지를 열었다.

도자기 형태가 원주 막대처럼 생겼다. 평소 내가 생각하는 나이별 인구 그래프 모형과 같았다. 모눈종이를 놓고 세로줄은 나이 수로 하고, 가로줄은 인구 수로 했을 때 원주 막대처럼 나타나는 모형이다. 원주같이 생긴 이 모형은 우리 사회가 바라는 가장 이상적인 나이별 인구구조라고 볼 수 있을 것이다. 이 모형대로라면 태어나서 죽을 때까지 병든 사람이 없고, 일정한 나이가 되면 일시에 사라지고, 사라진 만큼 새 생명이 태어나는 것이다.

물리적으로 본다면 나고 태어남은 없다고 하지만, 형태적 측면에서 보면 생명이라는 개체는 끊임없이 생멸 현상을 나타내고

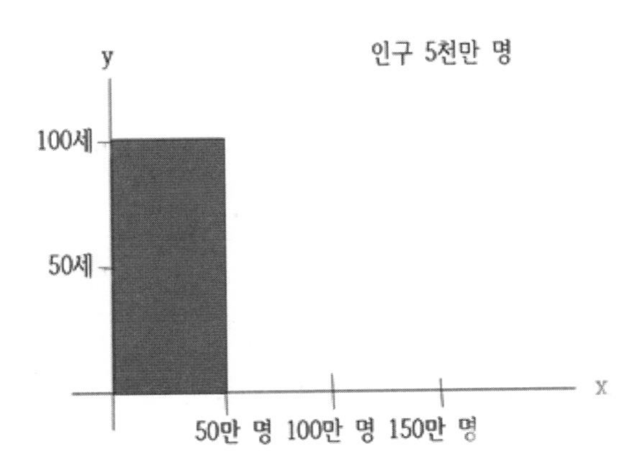

있다. 우리는 현실적으로 형태적 생명을 무시할 수 없다.

따라서 형태적 생명들의 안정적 유지 발전을 위해서 우리는 끊임없이 노력하고 있다. 그런데 문제는 생명의 개체는 서서히 쇠약하여 죽음이라는 다른 물질로 변해 간다. 자신이 젊었을 때 아무리 열심히 일해서 많은 돈을 모았다고 하더라도 그 돈으로 일할 수 있는 젊은 사람이 없으면 그 돈은 휴지에 불과하며, 따라서 그 재화로부터 아무런 도움을 얻지 못한다. 사람들은 이러한 현상을 이해하는 데 인색한 것 같다.

결국 내가 모은 돈으로 일할 수 있는 사람이 필요하다는 것이다. 나이별로 사람 수가 똑같으면 내가 모아놓은 재화는 100% 살아 있는 것이다.

2013년 8월 5일 더움 먹고 쓰다.

김해시의회 의원 김근호

기회는 균등해야

며칠 전 인사위원회를 개최한다는 통지를 받고 회의실에 들렀다. 본회의를 시작하기 전에 위원장이 참석위원들에게 말을 걸었다. 문 대통령 취임사에서 정의사회를 위하여 기회는 평등하게 주어져야 한다고 말하고, 그 일환으로 인천공항에 들러서 공공의 비정규직을 정규직으로 만들어 주겠다고 약속하셨으므로, 행자부 장관이 임명되면 구체적 지시가 내려올 것이고, 그 공문을 받아 보아야 알겠지만 여러 위원님은 여기에 대하여 어떻게 생각하시느냐고 물었다. 동료 위원인 공인노무사가 시 재정도 넉넉한데 정규직으로 만들어 주는 것이 좋겠다고 말했다. 다른 위원들도 동조한다는 듯 고개를 끄덕였지만 나는 울화가 치밀었다.

시청이나 군청 등 공공기관이나 공영업체에서 일하는 비정규직원 중에서 서민들의 자녀를 찾아보았느냐고 반문했다. 그들은 시장이나 시의원 하다못해 시청 과장 끄나풀로 들어간 사람들이 많다. 그것만 해도 특혜요, 불평등인데 거기다가 또 정규직으로 만들어 주면 이것은 특특혜가 아니냐고 말했다. 내 말을 듣고 있던 위원들은 “그러네” 하면서 또 고개를 끄덕였다.

한편 비정규직원의 모두가 정규직원보다 일하는 능력이 떨어진다고는 생각하지 않는다. 입사 시험 점수와 일하는 능력은 어느 정도 비례한다고 보지만 그렇지 않은 경우도 많다고 생각한다. 그리고 집안 사정이 어려워서 진학을 못 했다든지 청소년 시절 학업을 게을리한 사람 중에는 입사 시험은 불합격하여도 일은 더 잘하는 사람이 있다고 본다. 이런 경우는 일정한 검정 기간을 거쳐서 특채로 정규직의 기회를 이미 주고 있다. 이 정도는 정규직원들도 어느 정도 받아들이는 실정이다. 그러나 어느 시점에 일률적으로 정규직화하는 것은 공채로 입사한 정규직의 측면에서 볼 때 수용하기 힘든 일이다.

대통령이 되자마자 인천공항에 가서 비정규직을 만나고 정규직으로 만들어 주겠다고 말한 것은 위헌이다. 헌법에서는 누구든지 평등하다고 규정하고 있다. 정규직은 법령에 따라 선택된 자들이다. 그런데 비정규직을 법에 따르지 아니하고 영에 의하여 정규직으로 만들어 준다면 이는 헌법을 위배한 행위가 아닌가 생각된다.

대통령은 자신이 가장 훌륭하고 똑똑하고 위대한 사람이라고 생각하는 것은 큰 오류다. 대통령은 시험을 치거나 살아온 성과를 고려하여 되는 것이 아니고 보통, 평등 선거에 의하여 선출된 사람이기 때문이다. 우리 어머니도 한 표, 시근 없는 나도 한 표, 놈팡이 이웃집 아들도 한 표이며, 선거는 이성보다는 감성적으로 다가서는 것이므로 당선자가 낙선자보다 또는 유권자보다 더 똑똑하고 훌륭하다고 볼 수 없으며, 또한 비교 대상이 아니기 때문에 누가 더 훌륭하다고도 볼 수 없는 것이다. 따라서 선거직은 가장 많은 대중의 정서에 어울리는 사람이 당선되므로 대통령은 지혜롭지 못할 가능성이 다분히 크다고 볼 수 있다. 그러므로 대통령은 인기 위주의 선심성 발언은 매우 조심해야 한다고 본다.

대통령 스스로는 국민을 위하여 말한다고 생각하겠지만 국민은 언제나 이편과 저편이 있음을 알아야 할 것이다. 대통령은 당선과 동시에 내 편을 생각해서는 안 된다고 본다. 국회의원은 차기에도 당선을 위한다고 하지만 대통령은 단임제이므로 그럴 필요가 없다고 생각한다.

역대 대통령은 모두 다 국민에게 일치단결하여 하나가 되어야 한다고 말했다. 이 말은 똑같은 일을 하자는 것이 아니고 어떤 사안에 대하여 똑같은 생각을 하자는 말로 이해된다. 그런데 이 일이 성공하기 어려운 것은 기회를 균등하게 주지 못하기 때문인 것 같다. 인천공항에서 비정규직원들에게 한 말도 기회가 불균등한 말이기 때문에 성공하지 못한 것이다.

대마도의 교훈

대마도는 오래전부터 가보려고 별러 오던 곳이다. 가깝고도 먼 땅이다. 백 리 거리임에도 너무나 멀게 느껴지는 곳이다. 나라가 다르다는 이유다.

부산 국제항에서 09시 30분에 출발했는데 10시 40분에 대마도 히츠카츠 항에 도착했다. 점심을 먹기 전에 대마도의 최북단인 한국 전망대에 올랐다. 상상한 바대로다. 너무 아름다운 곳이다. 수많은 수식어가 필요한 땅이다. 그러면서도 설명하기 싫은 땅이다.

산길을 걸으면서 마구 뛰고 싶었지만, 동행하는 분들이 연세가 많아서 뛸 수가 없었다. 가이드의 말에 의하면 대마도 도주는 처음엔 조선의 국왕에게 인정받고자 노력했다고 한다. 그러다가 일본의 메이지 유신시대에 와서 일본 천황 쪽으로 붙었다고 한다. 우리는 여기서 조선이 대마도 관리를 너무 소홀히 했음을 알 수 있다. 그럴 수밖에 없지 않으냐고 할지 모른다. 그 당시의 사정으로 뱃길이 너무 위험해서 대마도에 발령을 내면 사표를 내고 고향으로 내려갔다고 한다. 연로하신 부모님을 돌봐 드려야 된다고.

예나 지금이나 효는 불효자나 간신에게는 너무나 좋은 피신처가 되고 있다. 그런데 어찌 그들만의 탓이겠는가. 다행히 파도를 넘어 대마도에 가서 백성을 잘 다스리고 있으면, 모함하고 의심 많은 임금이 사약을 내리니 누군들 대마도에 가고 싶겠는가? 임진왜란 때 선조가 이순신을 의심한 것만 보아도 알 수 있다.

우리는 너무 배려할 줄 모르고 상대방을 믿지 못한다. 믿지 못하는 것은 스스로 상대방을 속이기 때문이다. 우리는 누구도 신뢰하지 않는다. 그런데도 우리는 경제적으로 잘사는 나라다. 세계 10위권에 들어선 나라다. 그런데 우리나라를 두고 선진국이라고 부르지는 않는다. 우리는 불신의 선을 넘지 못하고 있기 때문이다. 서로를 신뢰하지 못하기에 아직도 휴전상태에 있다고 생각된다.

모순

08년 6·4 도의원 보궐선거에 무소속으로 출마하고 득표를 위해 사거리에서 명함을 전하며 지지를 호소하고 있을 때였다. 건널목에서 점잖으신 초로의 신사 한 분이 녹색신호를 받고 건너오고 계셨다. 어깨띠를 두른 나를 보고도 피하고자 하는 기색이 없어 보여 고맙게 생각하며 인사를 드렸다. 그분은 나의 인사를 받으면서 물어왔다.

"진보요? 보수요?"

"진봅니다."

나는 노신사의 얼굴을 보고 진보라는 말을 듣고 싶어 하는 것 같아서 거짓말을 했다. 나의 상식으로는 나는 진보도 보수도 아니다.

"알았서요. 꼭 찍겠습니다."

보수(保守)와 진보(進步)에 대한 나의 상식은 한자어가 뜻하는 그 이상의 의미 외에는 별로 아는 것이 없다. 또 더 이상의 의미를 알려고도 노력하지 않았는데 근래에 와서 보수주의자라고 하면서 진보를 추구하는 것 같고, 진보주의자라고 하면서 보수를 추구하는 것 같은 사람들이 많아서 나 자신은 어느 쪽인지를 생각해 보기 시작했다.

보수 성향의 사람은 기득권을 유지하기 위해 현 사회질서를 유지하고자 한다. 그러므로 현재 상황에 만족하면서 성장을 중요시하며, 개인의 자유를 존중하는 부류에 속한다고 본다면, 진보는 적게 가진 불만에서 벗어나고자 기존의 질서를 타파하고 새로운 질서를 만들고자 한다. 따라서 현재 상황에 만족하지 못하고, 성장보다는 분배를 중요시하며, 개인의 자유보다는 집단의 이익을 우선시하는 사람이라고 생각되었다.

그렇다면 나는 보수도 진보도 아니다. 다른 사람들도 실제로는 나와 같으면서도 보수와 진보라는 단어를 가지고 말장난하거나 아니면 그 말장난에 자신도 모르게 놀아나고 있다는 생각이 들었다. 왜냐하면 사람들의 실제 생활은 진보와 보수의 사전적 의미와는 전혀 다르게 살아가고 있음을 볼 수 있기 때문이다.

진보성향의 사람들도 궁극적으로는 집단의 이익보다는 개인의 풍요와 자유를 추구하고 있으며, 고용의 증진으로 임금이 삭감되는 것을 싫어하며, 집단보다는 개인의 분배 가치가 더욱 향상되기를 바랐다.

한편 보수 성향의 사람들은 새로운 성장을 도모하기 위해 기존의 질서 체계를 타파하고자 노력하면서도 그 결과 발생한 성장 이익의 분배에서는 기존의 질서를 유지하고자 하며, 또한 개인의 인격을 존중하지만, 궁극적으로는 집단의 생산적 향상을 도모하는 데 있음을 알 수 있었다.

이처럼 보수와 진보 양쪽 모두 모순이 있다는 것은 상호보완적이며 불가분의 관계에 놓여있다는 것을 말한다. 사용자는 근로자의 도움 없이는 성장할 수 없고, 근로자는 사용자의 도움 없이는 일자리를 가질 수 없다는 것을 모르는 사람이 없다. 다만 서로의 입장을 우선시하는 차이가 있을 뿐이다. 진정으로 무엇이 앞서야 하는가를 곰곰이 생각해 본다면 어느 한쪽을 중요시해야 한다는 논리는 있을 수 없다는 것을 알 수 있다. 그러므로 어느 한 개인에게 "당신은 보수요 아니면 진보요?" 하고 질문하는 것은 바람직스럽지 못하다는 생각이 든다. 더욱이 정치를 하겠다고 나서는 사람에게는 더욱 그렇다.

또한 정치를 하겠다는 사람 중에서 자신은 진보니, 보수니 하고 부르짖는 사람은 어리석은 대중을 편 가름하여 사회의 갈등을 조장하는 선동자라고 볼 수 있다.

우리는 흔히 농업인과 노동자를 대변하는 사람들을 진보주의라고 부르고, 기업가나 상류층의 사람들을 보수주의라고 부른다. 농민에게도 개혁과 진보가 필요하며, 기업가도 개혁과 진보가 필요하다. 그러므로 농업인과 노동자를 대변한다고 하여 진보주의자라고 부르거나 기업인을 보수주의에 속한다고 하는 것은 전혀 근거 없는 말이다. 어느 엘리트가 어느 정치인이 지어냈는지 그 의도가 무엇인지 의심스럽다.

정치권의 정당도 마찬가지다. 농업인을 대변하면 농민당이라고 불러야 하고 개인의 자유보다는 사회 전체의 이익을 추구한다면 사회주의당이라고 부르고 개인의 권리와 자유를 중요시하는 당은 자유민주당이라고 불러야 할 것이다.

소유와 분배의 방법을 두고 보수와 진보로 구분하는 것은 언어도단이다. 이 경우는 더욱 알기 쉽게 〈비율분배주의〉 또는 〈평균분배주의〉 등으로 구분해야 할 것이다. 그런데도 자신이 속한 집단에 유리하도록 말을 만들고 있음을 볼 수 있다.

그래서 "당신은 보수요 아니면 진보요?"라는 질문보다는 "당신은 현 사회의 대립과 갈등을 어떻게 해결하겠는가?"라고 질문하여 응답자로부터 해결책을 구하는 그것이 더 건설적이라는 생각이 든다.

이 땅에 진정한 보수와 진정한 진보는 있을 수 없다고 생각한다. 보수와 진보라는 진영을 세우고 일정한 선을 그어 극단적으로 편을 가른 후 서로 싸워서 중도를 찾는 길보다는 처음부터 공동체적 발전을 도모하는 길만이 살아갈 수 있는 최고의 방법이라고 믿는다. 이 또한 말장난에 불과하다는 생각이 들기도 한다. 결국 불교에서 무아(無我)라는 진리를 깨우치거나 아니면 진정한 하나님의 사랑을 실천하지 않는 한 싸움은 계속될 것 같다.

벼락 맞은 추억

지금부터 꼭 50년 전의 일이다. 1963년 초등학교 3학년 여름방학 때였다. 장유면이 신도시가 되기 전 우리 마을에서 대청마을로 가다 보면 아주 큰 저수지가 있었다. 우리는 그 저수지를 대청 못이라고 불렀다. 그곳은 장유문화센터와 접해있는 동산의 북쪽으로 지금은 숙박시설이 들어서 있는 곳이다. 그 저수지에서 누군가 가두리 양식을 했는데 그 해 여름철 가뭄이 들어 논에 물을 대다가 보니 저수지 바닥이 드러나고 있었다.

마을 아이들이 저수지에 물이 말랐으니 고기를 잡으러 가자고 했다. 나는 고기 잡는 소질이 없어 고기보다는 진흙을 담아 와서 방학 숙제를 해볼까, 하고 아이들과 같이 저수지로 갔다. 흙을 퍼올 마땅한 그릇이 없어 주전자를 들고 갔었다. 질이 좋은 검은 진흙을 골라서 주전자에 담고 있는데, 고기를 잡던 아이들이 갑자기 “김 아무개 온다. 도망가자.” 하고 외치면서 줄행랑을 쳤다. 나는 고기를 잡지 않았으므로 괜찮다고 생각하면서 그냥 저수지에서 밖으로 걸어 나오는데 빨갱이 두목(남로당 장유면 행동책) 김용호란 사람이 핏줄이 선 벌건 눈을 부릅뜨면서 나에게로 다가왔다. 순간 위험하다는 것을 느꼈지만 도망가지 않고 그 자리에 서서 "나는 고기를 잡지 않았습니다. 이것은 진흙입니다."라고 다급하게 말하고는 주전자를 거꾸로 해서 보여주는데, 그 순간 시커멓고 살점 하나 없이 뼈다귀만으로 된 커다란 손바닥이 내 왼쪽 뺨을 후려갈겼다. 휘청하고 오른쪽으로 쓰러지는데 오른쪽으로 갔던 손바닥이 다시 오른쪽 뺨을 후려쳤다.

억울하고 서러웠지만 나는 울지 않고 집으로 왔었다. 아버지는 내가 세 살 때 돌아가셨고 어머니와 두 누나만 있는데 일러봐야 그 빨갱이 두목한테 오히려 당할 게 뻔하다는 생각이 들어서 가슴속에 묻었다. 그 후 세월이 흘러 말단 공무원이 되어 마침 그 사람이 사는 마을에 반상회를 지도하러 갔었다. 만나기 전에 나름대로 마음을 정리하고 가서 그런지 감정을 감추는 것은 어렵지 않았다. 그 사람이 빨갱이 두목이란 것은 동네 어른들에게서 많이 들었기 때문에 잘 알고 있었다.

남로당 무리(빨갱이)는 낮에는 숲속에 숨고 밤만 되면 대창을 들고 마을로 내려와 곡식을 탈취하고 아무것도 모르는 사람들에게 남로당에 가입하면 토지를 똑같이 나눠어 같이 잘사는 공산

사회가 된다고 권유하고 그래도 말을 듣지 아니하면 부녀자 희롱은 물론 온갖 못된 짓을 다 했다고 한다. 생산을 위한 노력 여부와 관계없이 결과물을 똑같이 분배하여 같이 잘사는 사회를 만들자고 부르짖은 놈이다. 주전자에 흙이 아니라 고기 몇 마리 잡아넣은들 초등학교 3학년 아이에게 어른의 손바닥으로 뺨을 후려갈기는 놈이 권력을 잡았다고 생각하면 끔찍한 일이 아닐 수 없다.

빨갱이 두목 김 아무개는 그 당시에 마흔쯤 되어 보였으니 살아있다면 100세쯤 될 것 같다. 이승만 정부수립 후 남로당 당원들로부터 자진신고를 받았는데 김 아무개는 신고를 안 한 덕분에 살아남은 사람이다(일명 보도연맹 명단에서 제외됨). 김 아무개가 청소년일 때는 볼셰비키 혁명의 성공으로 공산주의 국가인 소련이 탄생하였고, 전 세계적으로 수많은 엘리트 청년이 마르크스의 사회주의 이론에 빠져있었다. 빨갱이 두목 김 아무개도 그 중의 한 사람일 것이다. 그도 당시 엘리트였고 부잣집 아들이었다.

나라가 어수선하니 요즘 들어 자주 그 사람이 생각난다. 만약 그가 남로당 당수 박헌영을 따라 북한으로 갔더라면 어떻게 되었을까. 그리고 만약 남한까지 공산화되었더라면 그는 소유하고 있던 많은 토지를 과연 미련 없이 국가에 헌납했을까 생각해 본다.

(2020년 여름날)

블라디보스토크에서

대학원 동기들과 블라디보스토크에 왔다. 유월 하순인데 한국의 3월 하순처럼 쌀쌀하다. 처음 이곳으로 간다고 했을 때 관광회사에서 유월의 날씨는 우리나라와 비슷하다고 말하기에 위도가 이곳 김해보다는 10도나 위에 있는데 같을 수가 있느냐고 따졌더니 그제서야 이른 봄옷을 입고가야 된다고 정정했다. 나의 추측대로 역시 추웠다. 벚꽃이 피는 봄밤 날씨 같다.

'블라디보스토크'라는 생소한 서양 지명을 알았던 때는 중학교 역사 시간이었다. 일제가 대한제국의 외교권을 박탈하기 위하여 1905년 11월 17일 강제로 조약을 체결하였다. 이 조약은 불평등 조약임을 강조하기 위해 을사늑약(乙巳勒約)이라고도 부른다. 이에 고종은 억울함을 세계 곳곳에 알려서 일본과의 외교 조약을 파기하고 대한제국이 독립국임을 세계만방에 알리고자 이준을 특사로 임명하고 이상설, 이위종과 함께 선교사 헐버트의 안내와 도움으로 블라디보스토크에서 열차를 타고 네덜란드 헤이그로 출발했다고 배웠다. 이어서 세 사람의 밀사는 네덜

란드 헤이그에 도착한다. 그러나 세 사람은 영국, 러시아 등 서구열강의 반대로 본회의에 참석하지는 못했지만, 만국평화회의를 계기로 7월 9일 영국의 저명한 언론인인 스터드(Stead, W. T.)가 주관한 각국 신문기자단의 국제협회에 참석할 기회를 얻었다. 여기서 외국어에 능통한 이위종이 세계의 언론인들에게 한국의 주권 회복을 위해 '한국의 호소(A Plea for Korea)'라는 연제로 호소하였으며, 미국에서 한국 독립을 위해 활동하던 윤용구와 미국인 선교사 호머 헐버트 박사가 영어로 을사늑약의 불법성을 지적하는 강연을 했다. 이 내용은 너무나 뚜렷하게 내 머리에 기억되고 지금까지 잊지 않고 있다. 중학교 시절 탐정소설에서나 볼 수 있는 〈밀사〉란 단어와 낯선 서양의 땅 〈블라디보스토크〉, 눈발이 날리는 시베리아 벌판을 가르는 〈열차〉 등이 너무 멋있어 보였기 때문인 것 같다.

부질없는 선거에 몇 번이나 출마했더니 솔직히 여행하기가 부담스러웠지만 동기생들의 권유도 있었고, 무엇보다도 어린 시절 역사 시간에 배웠던 그 특별한 기억 속으로 가보고 싶어서 함께 온 것이다. 그런데 여기서 알고 싶지 않은 사실을 두 가지 알게 되었다. 평소 관심이 없었지만, 이곳에서 여행하면서 석연치 않은 사실에 대해서 좀 더 알아보고자 인터넷 검색을 하다가 위키백과에서 읽게 되었다. 나는 이 사실이 진실이 아니기를 바라는 마음이다. 그것은 헤이그 특사 이위종이 고종을 비판한 기록과 블라디보스토크에서 자리를 잡고 살던 우리 민족이 스탈린에 의하여 옥토에서 쫓겨난 사실이다.

첫 번째, 이위종은 영국의 기자 스터드(Stead, W. T.)가 주관한 각국 신문기자단의 국제협회에서 일본제국뿐만 아니라 고종에 대해서도 비판했다고 한다. 이위종의 생애와 독립운동(오영섭, 2007)에서 인용하면, 이위종은 1907년 7월 헤이그 국제협회에서 한국 독립을 호소하는 연설에서 대한제국은 장기 집권으로 인한 부패, 과도한 세금 징수, 가혹한 행정 등으로 인해 인민이 고생하고 있는 잔혹한 정치라고 표현했다고 한다. 그 후 1919년 8월의 모스크바에서 "러시아 국민만이 미국인들처럼 사리사욕을 좇지 않고 박해받는 자들의 자유를 위해 진정으로 투쟁할 수 있다"라며 미국의 자본주의 체제를 비판하고 사회주의를 적극 지지하는 발언을 하였다고 한다.

이쯤에서 또 생각이 꼬리를 문다. 1907년 7월 12일, 이위종이 상트페테르부르크로 떠났다. 다음 날인 7월 13일 타카이시 기자가 타전한 기사에서 이준이 얼굴에 악성 종기가 나서 중태에 빠졌다고 보도했으며, 7월 14일 저녁, 투숙해 있던 '드 용 호텔'(Hotel De Jong)에서 사망했으며, 7월 16일 이준을 임시매장에 동반했던 이상설과 호텔의 주인이 참례했으며, 7월 18일 이위종이 상트페테르부르크에서 헤이그로 돌아왔다는 사실이다. 그리고 다음 날인 7월 19일 이상설과 이위종이 런던으로 출발하기 위해 헤이그를 떠났다. 나는 이러한 내용들이 전혀 정리되지 않고 추측도 안 된다.

다음은 스탈린에 의하여 조선족이 옥토에서 쫓겨난 사건이다. 블라디보스토크는 고구려 시대에는 우리 민족의 땅이다. 열강들의 식민지 개척 이전만 하더라도 사실상 아무나 살 수 있는 관심밖의 땅이다. 따라서 고종의 헤이그 특사 이위종의 말처럼 조선인들은 과도한 세금 징수, 가혹한 행정에서 벗어나 열심히 노력한 만큼 거둘 수 있다는 희망으로 만주 땅으로 이주하게 되었고, 그 결과 지역의 자본가가 되었다고 한다.

그러다가 1907년 러일 전쟁이 종료되면서 러시아는 가난한 소작농들은 제외하고 독립운동가와 농장이라는 자본을 소지한 자들은 일본군의 첩자 행동을 할 수 있다고 보고 경계하게 되었다고 한다. 이후 제정러시아는 레닌의 주도하에 치러진 프롤레타리아 혁명으로 소련이 되었고, 1937년에서 1939년 사이, 소련 서기장 스탈린은 조선족이 일본군 첩자 행동을 하는 것으로 생각하고, 고려인 지도자 500명을 체포하고, 그중 40~50명을 숙청 처형하였으며, 블라디보스토크를 중심으로 연해주에 살던 172,000명의 고려인을 카자흐스탄 소비에트 사회주의 공화국과 우즈베키스탄 소비에트 사회주의 공화국으로 강제 이주시켰다고 한다. 이주 도중 많은 사람이 희생되었다고 한다.

나는 이 부분을 읽으면서 사회주의를 제창하는 사람들의 심장은 전체를 위해서는 무슨 일이든 거침없이 할 수 있다는 생각이 들었다. 사회주의자들은 궁극적 목표가 달성되면 그 이념은 공산주의로의 이행을 보장하고 점차 국가는 소멸하여 인민으로 이루어진 완벽한 인간 개조가 된 사회주의적 사회 자치 세력에게 자리를 물려준다고 한다. 아무리 생각해도 이해가 안 되는 말이다. 그들의 사회주의는 빈부격차가 더 심화되고, 비민주적인 통치로 국가가 소멸하여야 할 공산주의 이념이 오히려 국가 통제주의적인 정치 양상을 보여주고 있기 때문이다.

이번 블라디보스토크 여행으로 새로운 사실을 알고부터는 그곳이 러시아의 땅이라기보다는 우리 민족의 피와 눈물이 서려 있는 땅임을 알았다.

(2018년 유월)

부자는 가난한 자를 도와야

인간은 행복하기 위해서 최대한 효율이 높은 방법을 동원한다. 법, 규범, 윤리, 도덕과 같은 것을 어기면 오랫동안의 경험과 학습을 통하여 결국은 불행해진다는 것을 잘 알기 때문에 가능한 한 그 틀 안에서 살아가고자 애쓴다.

인간은 본래 선하다고 한 맹자의 성선설과 인간은 본래부터 악하다고 한 순자의 성악설을 두고 옳고 그름을 논의하는 것은 타당성이 없어 보인다. 인간은 하나의 생명으로서 최대의 행복을 얻기 위해 최고의 방법을 동원하는 과정에서 필요한 부분을 발전시켜 온 생명체다.

풍요롭고 살기 편한 곳에서 태어난 사람은 살기 힘든 곳에서 사는 사람들에 비하여 상대적으로 선할 것이다. 선함은 여유로움에서 나타나기 때문이다.

인간은 사회적 동물이라고 한 루소의 말도 인간이 살아가기 위해 끊임없이 노력하는 과정에서 혼자보다는 여럿이 합동하면 편리하다는 데서 나온 말이라고 본다. 그런데 여기서부터 인간의 불행이 시작된다. 혼자일 때는 불행이 뭔지를 모른다. 불행은 비교를 통해서 느낄 수 있다. 협동으로 생산된 과실은 분배의 과정을 통하여 비로소 개인의 소유가 된다. 분배의 과정에서 서로 간에 갈등이 야기되고, 그 갈등의 처리가 원만하지 못할 땐 싸우게 된다. 이를 국가적 차원에서는 전쟁이라고 하며, 승자와 패자 사이에는 불공정한 분배가 성립된다.

현대는 지략으로 싸우지만, 선사시대에는 단순한 힘으로 싸웠을 것이다. 만일 여기서 어느 한 인간이 육체적 힘이 부족하여 꾀를 부려 상대방을 이겼다고 보자. 우리는 이를 두고 비겁하다고 할 수 있겠는가?

마이클 샌델의 『정의란 무엇인가?』란 책을 읽어보지 않더라도 꾀를 부린 자를 비겁하다고 할 수 없을 것이다. 왜냐하면 살고자 하는 것은 천부적 권리로서 상대적으로 비교할 수 없는 절대적 평등권이기 때문이다. 따라서 사람들은 절대적 평등권을 가지고 자신에게 필요한 과실을 생산하는 활동을 한다. 활동하는 과정에서 더 많은 과실을 생산하고 더욱 유익한 분배의 위치에 서기 위해 노력한다. 이 과정에서 우리 인간들은 옛날처럼 피를 흘리고 싸우는 것보다는 미리 약속하고 그 선을 어기면 다수의 힘으로 제재하는 방법을 생각해 낸 것이다. 이것이 사회규범이다.

그렇다면 사회규범은 대부분 사람이 용인하는 공정한 약속인가를 생각하지 않을 수 없다. 현재의 사회규범은 일반적으로 두뇌가 좋은 사람이 유리하도록 만들어져 있으므로 그렇지 못하고 힘만 센 사람에게는 상대적으로 불공정한 약속으로 볼 수 있다. 그러나 옛날에 비하여 공평한 사회로 많이 발전했다. 사전에 평등하게 참여할 기회가 부여되고, 사후의 과실 분배 결과가 자신에게 있는 경우에는 당연하게 받아들인다. 따라서 가난한 이유가 사회시스템에 있는 것이 아니고 개인의 능력과 의지에 있으므로 그 책임은 개인에게 있다고 보는 부자들이 많다. 과연 합당한 사고인가? 이것은 앞서 언급하였듯이 강자가 만든 규칙에 따라서 배분한 결과이므로 꼭 합당한 사고라고 볼 수는 없다. 그것은 인간들이 현시대의 지구상에서 살아가기 위한 최선책은 될지 모르지만, 한 인간의 절대적 측면에서 보면 공정하다고 볼 수 없다.

이쯤에서 우리는 가치에 대하여 논의해 볼 필요를 느낀다. 새로운 것을 발견한 그 가치는 크고, 그것을 설계대로 만드는 솜씨는 너무 적게 평가하는 것이 아닌가 싶다. 이러한 생각의 누적으로 노동조합이 결성되었다.

우리는 여기서 사회안정을 유지하고 과실을 평화롭게 취득하기 위해서는 최소한 약한 자에게 과실을 분배할 필요를 발견한다. 가난한 사람이 없으면 부자는 있을 수 없고, 빈국이 없으면 부국은 있을 수 없다. 그러므로 부자는 가난한 자를 도와야 한다. 지구촌에서 사는 공동운명체이기 때문이다.

인간은 사회적 동물이다

지난여름은 예년보다 무덥고 길어 가정에서도 에어컨 사용이 많았다. 따라서 고액의 전기사용료 고지서를 받은 많은 시민은 가정용 전기 사용 누진제를 변경해야 한다고 목소리를 높였고 결국 우리 사회의 이슈로 되었다. 이것은 인구가 많아서 생긴 지구촌의 재앙이며, 이제는 나에게도 관계있음을 보여준 것인데 사람들은 이것을 인구수와 접목시켜 생각하는 사람은 없어 보였다.

우리는 초등학교 때부터 방정식 푸는 것을 배웠다. 그런데 이 방정식을 배우는 이유가 살아가면서 모르는 일을 해결하기 위한 것임을 아는 사람은 드물다. 그저 방정식은 방정식에서 끝내 버리는 생활 습관이 몸에 배어있어, 모든 것은 서로 영향을 미치면서 한 통으로 굴러가는 이치를 모르는 것이 아닌가 싶다. 따라서 이러한 생활 습관이 우리 주변의 난제를 언제나 단편적으로 풀어가게 하는 것 같다.

예를 들어 말하면 우리 지구는 15억의 인구가 살아야 쾌적하다고 하는데 70억의 인구가 살고 있으니 각종 자연재해가 생겨나고도 충분한 환경에서 살고 있다. 이처럼 지구촌에 사람이 넘쳐나고 있음에도 불구하고 이미 다문화사회를 수용하고 있는 선진국에서도 출산 장려라는 단편적인 정책으로 저출산 문제를 해결하고자 노력하고 있음을 알 수 있다.

저출산의 궁극적인 문제는 일할 수 있는 사람이 없다는 것이다. 일할 사람이 없으면 내가 저축한 돈이 휴지 조각에 불과하다는 데 있다. 그러므로 우리나라도 미국이나 호주처럼 일할 젊은이가 없으면 외국 젊은이들을 받아들이면 되는데 왜 하필이면 이산화탄소를 많이 배출하는 주범들을 스스로 늘리는 데 총력을 기울여야 하는지가 이해하기 어렵다. 지구촌에 인구는 넘쳐나지만, 다른 사람은 필요 없고 우리 민족만 많아야 한다고 하는 것은 너무 이기적이라고 생각된다.

최근에 있었던 영국의 브렉시트(Brexit)도 같은 맥락으로 볼 수 있다. 자국의 이익을 위해서 EU에서 탈퇴하고, 난민들이 해변으로부터 육지에 접근하는 것을 막는 시설까지 설치한다고 한다. 이러한 행위는 역사의 흐름을 역으로 해석한 결과라고 생각된다. 다르게 표현하면 영국의 브렉시트(Brexit)는 북한 김정은의 사고와 크게 다를 바가 없다고 본다. 한마디로 말한다면, 부자는 가난한 사람들 덕분에 부자가 되었음을 모르고 있으며, 머리가 좋은 사람은 머리가 둔한 사람이 많은 덕분에 돋보인다는 것을 잊고 있는 데서 나타난 사건으로 본다.

나 혼자만 더 나아가서 우리나라만의 것은 결코 온전할 수 없음을 깨달을 때 비로소 우리는 진정으로 서로를 배려하고 감사하게 될 것이다.

2016. 9. 8 (목)

(경남매일신문에 게재한 글)

소통의 장에서

이제 우리나라도 미국, 일본, 서유럽처럼 전체는 부자지만 절대다수의 개인은 살아가기가 힘든 세상이다. 그 이유는 대량실업과 소득 양극화의 구조화, 비정규직 문제에 의한 사회적 갈등, 노동의 세계적 이동에 따른 다문화사회의 갈등, 민족적 국수적 출산 장려에 따른 인종 문제 등을 해결할 수 있는 획기적 대안이 없기 때문이다.

이런 가운데 우리는 모든 것을 너무 잘 아는 것처럼 주장함으로써 대립으로 인한 갈등은 깊어져 가고 있다. 설사 자신이 알고 있는 것이 지금까지는 정확한 지식으로 통용되고 있는 것이라 할지라도 요즘과 같은 정보화시대에 도출된 사회 갈등을 치유할 수 있는 대안적 지식은 못 된다는 것을 스스로 인지한다면 우리는 이미 정보화시대의 대립과 갈등을 치유할 소통의 장을 마련한 것으로 본다.

필자는 사람들에게 "우리는 잘 알고 있다고 말하지만 파고들고 보면 정말 너무 모른다는 것을 느낀다. 그런데도 우리는 너무 자신 있게 말한다."라고 말해왔다. 이렇게 말하는 필자도 역시 많이 모르고 있다는 것을 인정하며 아울러 상대방의 말을 경청하고 그 가치를 인정하고자 애쓴다. 그러면서 필자는 마음속에 있는 말을 밖으로 표현하기 좋아한다.

그러나 인터넷 사이트의 자유게시판에서는 가급적 표현을 피하는 편이다. 생각이 다른 사람들이 바쁜 사람을 붙들고 토론하자고 접근해 오는 것이 솔직히 부담스럽기 때문이다.

토론은 상호 이해를 돕는 소통의 좋은 수단이다. 토론은 자기 생각을 전달하고 상대방의 생각을 들어보는 정도에서 그쳐야 한다고 생각한다. 그런데 토론으로 상대방의 생각을 매몰하고 그 위에 자신의 깃발을 꽂고자 사력을 다한다면 토론은 결코 소통의 수단이 될 수 없는 것이다.

어떤 모임의 토론장이나 인터넷 사이트의 게시판은 대부분 소통의 장으로서 긍정적인 역할을 하고 있지만, 몇몇 토론의 장이나 인터넷 자유게시판 등은 특정 정당이나 특정 참여단체의 독점물이 되어 그들만의 홍보 매체로 전락해 버린 경우가 있음을 볼 수 있다. 만약 그것을 노리고 접근해 왔다면 그 독점물은 특정 단체나 특정인의 목적을 달성하는 데 얼마 동안은 도움이 될 것이다.

그러나 그들의 홍보물은 부메랑이 되어 단절된 공간으로 다시 돌아온다는 사실을 알아야 할 것이다.

〈소통의 장에 모여 한 통으로 굴러가자〉라고 한 것은 각자의 개성을 말살하고 하나로 되어 가는 동화(同化)의 사회를 말함이 아니고, 포괄적 공동체를 지향하는 사회를 만들자는 말이다. 포괄적 공동체는 한 사람 한 사람의 존재가치를 인정하고 각각의 인격을 존중하면서 살아가는 사회를 말한다. 이러한 사회는 소통의 장에서 출발한다.

소통의 장은 보수와 진보가 만나서 서로를 인정하고 각자의 한계를 느끼는 곳이다. 비정규직과 기업인이 모여 서로를 인정하고 서로의 한계를 느끼는 곳이다. 사회주의 이념과 자본주의 이념이 모여 서로의 한계를 느끼는 곳이다. 가난한 자 80%와 부자 20%가 모여 서로를 인정하고 서로의 한계를 느끼는 곳이다.

여기에서는 어느 쪽의 주장을 고집해서는 아니 되며 상대방을 이해시키려 함도 피해야 한다. 그냥 조용히 말하고 귀담아들어 보는 인내가 필요하다. 그러고는 함께 묵묵히 걸어가다 보면 좋은 생각이 떠오를 것이다. 이것이 한 통으로 굴러가는 것이다.

그런데 문제는 이와 같은 소통의 장을 마련하고 한 통으로 굴러가기는 사실상 어렵다. 한 사람 한 사람에게 양심을 가지고 해결해 보자고 국가에서 아무리 국민에게 호소해도 그 실효성은 없다고 본다.

현실은 불신의 골이 너무 깊어졌기 때문이다. 그렇다고 이대로 포기할 수는 없지 않은가. 재화가 풍요롭게 생산되는 이 현실을 지옥으로 만들 수는 없지 않은가.

그렇다. 단절된 사회를 소통의 사회로 만들고, 비정규직 문제와 청년실업 문제, 빈부의 양극화 문제 등을 해결할 새로운 이념을 찾아야 한다. 그 혁명적 이념을 우리의 패러다임으로 만들어야 할 것이다. 그렇게 하려면 소통의 장에서 만나 개성과 자유를 가지면서 한통이 되어 굴러가는 학습이 필요하다.

임은 왜 전우의 시체를 넘고 넘었습니까?

해마다 유월이 오면 어린 시절 부르던 노래가 떠오른다.

1. 전우의 시체를 넘고 넘어 앞으로 앞으로
   낙동강아 잘 있거라 우리는 전진한다
   원한이야 피에 맺힌 적군을 무찌르고서
   꽃잎처럼 사라져간 전우야 잘 자라

2. 우거진 수풀을 헤치면서 앞으로 앞으로
   추풍령아 잘 있거라 우리는 돌진한다
   달빛 어린 고개에서 마지막 나누어 먹던
   화랑 담배 연기 속에 사라진 전우야

3. 고개를 넘어서 물을 건너 앞으로 앞으로
   한강수야 잘 있더냐 우리는 돌아왔다
   들국화도 송이송이 피어나 반기어 주는

노들강변 언덕 위에 잠들은 전우야

4. 터지는 포탄을 무릅쓰고 앞으로 앞으로
   우리들이 가는 곳에 삼팔선 무너진다
   흙이 묻은 철갑모를 손으로 어루만지니
   떠오른다 네 얼굴이 꽃같이 별같이

〈♬ 전우야 잘 자라 / 작곡 朴是春. 작사 兪湖〉

이 노래는 내가 초등학교 저학년일 때 누나들이 고무줄넘기를 하면서 부르던 노래다. 그 당시는 아무 생각 없이 나도 신나게 따라 불렀다. 요즘은 이 노래가 생각나면 나도 모르게 눈물이 흐른다.

헤밍웨이의 소설 『누구를 위하여 종을 울리나』에서 주인공 로버트 조단은 미국의 대학교 교수이면서 정의 구현을 위하여 스페인 내란에 참여한다. 이처럼 우리 아버지도 조국의 자유와 평화를 위하여 6 · 25 한국전쟁에 참전하셨을까? 공산주의와 사회주의가 뭔지, 자유민주국가가 뭔지를 알고 참전하셨는지 살아계시면 여쭤보고 싶다.

그리고 총탄과 수류탄 파편을 두 번이나 맞고도 용케 살아서 제대하셨다가 나를 만드시고, 내가 만 두 살이 지났을 때 떨어져 뒹구는 낙엽과 함께 이 세상을 떠나셨다. 좀 더 살아계셨더라면 원호 혜택도 볼 수 있었을 텐데 하는 생각도 했었다. 이제는 그런 혜택과 관련 있는 나이가 지나서인지 시근이 들어서인지 아버지 생각만 하면 분한 마음만 올라온다. 하도 억울해서 몇 년 전 국방부에서 진상은 규명하게 되었으나 일단 나아서 제대했으므로 경제적 혜택은 드릴 수 없고, 아버지와 어머니가 국립묘지에는 갈 수 있다고 했다. 그때 어머니는 많이 섭섭해하셨다.

6·25 한국전쟁에 참전하신 유공자로부터 전쟁에 참여한 무용담을 몇 번 들은 기억이 있다. 그분들은 싸워서 이겼다는 말씀만 하셨지 왜 싸우셨는지, 왜 죽이지 않으면 안 되었는지에 대한 말씀을 하시는 분은 아무도 없었다.

나는 그분들을 나무라기 위해서 이 글을 쓰는 것은 아니다. 사람으로 태어나서 사람답게 살아보지도 못하고 이 땅에서 사라지게 만든 사람들이 너무 미워서 하는 소리다. 이러한 엄청난 일을 일으키는 사람들은 바로 정치인들이다.

정치를 하는 사람이 잘못을 저지를 경우 자신의 한 사람에서 끝나는 것이 아니고 여러 사람을 힘들게 하고 때로는 죽음으로 몰아넣는 결과를 초래한다. 그 대표적인 실수가 바로 전쟁을 일으키는 것이다. 이런 끔찍한 실수는 유감스럽게도 대부분 불과 몇 사람에 의해서 일어나는 것으로 볼 수 있다.

진짜 웃기고 가소로운 것은 그들이 자기 잘못을 뉘우치지 못하고 대를 위하여 훌륭한 일을 하였다고 자부하는 일이다. 심지어 그들의 후손들까지.

2016. 6. 6. (월)

걱정에는 이자가 없다

2019년 12월 27일 (금요일) 밤 9시 KBS 뉴스에서 국민연금기금운용위원회는 국민연금 기금의 주식으로 기업경영에 적극 가담하기로 결정했다는 내용을 인용 보도했다. 국민연금 주식으로 한진 그룹 고 조양호 회장을 대표이사직에서 물러나게 할 때 오늘과 같은 날이 얼마 남지 않았다는 것을 직감했지만 이렇게 빨리 올 줄은 몰랐다.

국민연금 기금과 같이 정부에서 운용하는 기금을 상법상의 주식회사에 투자하여 거래의 차익을 얻거나 배당금을 받는 일은 자유 자본주의 시장에서 아무런 문제 될 바가 없는 정상적인 수익 창출 방법이다. 그러나 국민연금 기금과 같은 국가 차원의 기금으로 주식회사에 투자하여 주주권 행사로 경영진을 경질하는 등 기업경영에 참여하는 것은 사회주의(전체주의, 국가주의)에서 채택하는 제도로써 일당 독제 국가인 중국, 베트남 등의 후진국에서 경제정책으로 시행하고 있는 제도와 같은 것이다.

정부의 말에 의하면 대기업은 개인의 영리단체에서 벗어난 사회적 공동체이므로 사회에서 바라는 바람직한 방향으로 나아가지 않는 기업에 한하여 경영에 가담한다고 한다. 또 하나 이해할 수 없는 말은 재계의 반발을 우려하여 기업의 개별적인 사정과 산업의 특성을 반영하여 주주권을 철회할 수 있다는 단서 조항을 넣었다고 한다. 이 단서 조항이야말로 정부의 눈 안에 들지 않는 기업은 손을 보겠다는 것과 다를 바 없는 독소조항이 아닌지 의심된다.

결국은, 너무 비약하는지는 몰라도 정부는 국가 또는 노동자 단체가 기업경영을 하도록 하겠다는 의지를 발표한 것이 아닌가 하는 생각이 든다. 그렇다면 세계 굴지의 기업인 삼성, 엘지 등과 같은 대기업도 정부의 손에 놀아날 때도 얼마 남지 않았다는 것으로 볼 수 있다. 그 결과의 미래는 당해보지 않고도 충분히 짐작할 수 있다고 본다.

초등학교 서무실에 근무하는 딸애한테서 들은 얘기다. 초등학생들에게 급식을 위해 구매하는 식빵 중에서 10%는 의무적으로 사회적기업에서 구매해야 한다는 지침이 있다는 말을 듣고 나는 딸에게 말했다. "그게 사회주의로 가는 길이야."라고.

학생 중 누군가는 그 10%의 식빵을 먹어야 하는 것이다. 국가로부터 선택권을 통제받는다는 것이다. 이것이 사회주의다. 중요한 것은 우리는 이미 사회주의로 들어선 지가 제법 오래되었음을 모르고 있다는 것이다.

이른바 세계적 복지국가라고 부르는 스웨덴에서도 1960년대 사회주의 경제체제를 도입하였으나 국민생산성이 형편없이 떨어져 결국 국영기업을 민간 경영으로 환원하고, 심지어 상속세까지 없애고, 소득세도 누진세율에서 일률적 세율로 변경한 결과 다시 생산성이 늘어났다고 한다.

개별적으로 늘어난 결과물을 정부가 똑같은 세율로 거둬들이면 불만은 없다. 그러나 누진세율로 거둬들이면 불평등을 초래하므로 세금을 많이 납부한 국민은 불만이 쌓인다. 이러한 불평등을 제거함으로써 스웨덴과 같은 나라는 오늘날과 같은 세계에서 부러워하는 복지사회가 된 것으로 생각한다.

한편 사회주의적 경제정책을 채택한 위정자는 사람들이 공동생산을 하고 개인의 능력과 관계없이 똑같이 분배할 때 일어나는 인간의 심리적 현상을 고려하지 못하고, 인간의 생산과 분배를 기계론적 유물론적 이론을 바탕으로 바라본 것이 아닌가 하는 생각을 해본다.

그런데 요즘 세상은 젊은이들의 실업자가 계속 증가하는 추세다. 부모가 그들을 부양하든 아니면 국가가 그들을 부양하던 누군가가 도와주어야 하는 현실이다. 이러한 결과를 초래한 당사자는 개인뿐만 아니라 정부도 책임이 있다고 본다.

인구가 늘어나면 일자리도 늘어나야 하는데 그렇지만은 아닌 것 같다. 그렇다면 앞으로의 세상은 어떻게 변할지 걱정된다. 생산된 재화를 어느 정도 분배하느냐가 큰 과제로 대두될 것 같다. 따라서 사회주의로 가는 길을 막아서도 안 되는 것이 아닌가 하는 생각도 든다.

혼자서 안 해도 되는 걱정을 하고 있는 것 같다. 걱정에는 이자가 없어 그런 것 같다.

연금 이야기

밤 10시 조금 넘어서 TV를 켜니 KBS1의 〈명견만리〉라는 프로에서 노후생활에 대하여 강연하고 있었다. 평소 관심 있는 분야이기에 하던 일을 멈추고 시청하기 시작했다. 강사는 서울대학교에 근무하는 교수로서 사회복지학 박사라는 자막이 떴다. 그 박사님의 말인즉 앞으로의 노후생활은 국민적 합의로 사회가 노후생활을 책임지는 방향으로 나아가는 것이 바람직하다고 하였다.

그 후 국민연금 문제에 대하여 강연하는 도중 젊은 친구로부터 질문을 받았다.

"국민연금공단에서 국민이 납부한 연금을 잘 못 관리하여 기금이 고갈되면 연금을 받을 수 없지 않습니까?" 이 질문에 그 교수님은 다음과 같이 답했다.

"대한민국이 망하지 않는 한 그런 걱정은 할 필요가 없습니다."

옆에서 나와 같이 듣고 있던 그는 갑자기 눈이 동그랗게 변하면서 중얼거렸다.

“저 교수님은 이해가 가도록 답변해야지 무조건 걱정할 필요가 없다고 하면 어쩌지.” 나는 그의 말을 받았다.

“아마 이 방송이 녹화해서 들려주는 것 같네. 저 교수는 분명히 이유를 말해주었을 텐데.”라고 말했다.

이렇게 말은 했지만, 기분이 좋지 않았다. “매스컴에서 국민연금 고갈이라는 말을 자주 떠올려 국민들이 걱정을 하고 있으므로 이런 기회에 안심할 수 있도록 설명을 해주어야 하는데.” 하면서 나는 말을 계속 이어갔다.

“공단으로부터 받는 연금은 자신이 납부한 금액에서 이자를 계산하여 매월 받는 것만은 아니다. 연기금은 우리 자녀들이 매월 부담한 연금 보험료와 우리 스스로 납부한 연금을 투자하여 얻은 기금 운용 수익금, 그리고 적립금, 공단의 수입 지출 결산상의 잉여금 등의 재원으로 조성되므로 연기금은 고갈될 수가 없다는 것이다. 즉 쉽게 말해서 현재 연금 수급자가 납부한 연금 보험료는 젊은 사람들이 그 돈을 활용하여 사업을 하고 있고, 우리가 받는 현재의 연금 수령액은 대부분 젊은이가 직장에서 부담한 연금 보험료라고 보면 된다. 따라서 정부에서 아이를 많이 낳아야 한다고 부르짖는 이유가 여기에 있다.”라고 설명을 해드렸다.

내 얘기를 열심히 듣던 그는 잘 알았다는 듯 고개를 끄덕이더니 내가 미처 생각하지 못한 말을 하기 시작했다. 우리나라 출생률이 0.7로 급격히 떨어졌고, 평균수명은 80세를 훨씬 넘어 고령화사회가 급하게 심화되고 있으므로 현재의 연금 지급 체제가 언제까지 유지될지 걱정스럽다고 말했다. 애초 연금 수급 계획을 세울 때는 우리나라 평균수명을 70~80세로 보았고, 출생률도 세계에서 꼴찌 수준인 0.7까지 내려갈 것으로 예상하지 못했던 것이다. 늦은 감이 있지만 지금부터라도 연금 수급 계획을 대폭 수정할 필요가 있다고 말했다. 또한 그의 말에 의하면 임금피크제 도입으로 정년을 60세에서 70세로 상향하고 연금 지급 조정을 연초에 물가 상승률만큼 일률적으로 상향 지급하는 것을 350만 원까지로 한정하며 그 이상 되는 연금 수급자는 물가 상승률을 적용하지 않아야 한다고 말했다. 또한 85세 이상이 되는 자 중에서 500만 원 이상 받는 고액 연금 수급자는 나이에 따라서 일정액을 감액하는 제도를 도입하면 연금 수급의 부담을 줄이는 방안이 될 것이라고 말했다. 고령자가 될수록 활동반경이 좁아짐에도 불구하고 계속 상향 지급하는 것은 연금의 취지를 벗어나는 것이 아닌가 생각된다고 말했다.

보편적 복지가 좋은 이유

2010년 6 · 2 지방선거에서 김해시의회 의원으로 당선되어 의정활동을 하고 있을 때다. 이즈음 사회복지서비스 제공 기준을 보편적 복지에 두느냐 선별적 복지에 두느냐가 매우 중요한 문제로 대두되었다.

일반적으로 선별적 복지는 사회복지서비스의 원천을 개인의 욕구에 근거하여 제공하며, 자산조사 등 소득 수준에 따라 결정된다. 반면 보편적 복지는 하나의 사회권으로서 전 국민이 사회복지서비스를 누릴 수 있어야 한다고 보고 있다. 따라서 선별적 복지는 가지지 못한 계층에 선별적으로 복지혜택을 주자는 것이고, 보편적 복지는 모든 사람에게 혜택을 똑같이 주자는 것이다.

이러한 사회복지서비스 제공 기준을 두고 우리 사회에서 논쟁이 비화한 것은 2010년도 6 · 2 지방선거 시점으로 보인다. 이때 좌파 정권이 내세웠던 무상급식은 학교급식 문제에서 출발하여 반값 등록금을 비롯한 복지 전반에서 보편적 복지로 비화하였다.

가난한 사람들에게 더 많은 분배가 되어 빈부의 격차를 줄이려고 애쓰는 정당에서 오히려 보편적 복지를 부르짖고, 자유민주주의와 시장경제체제를 선호하는 우파정당에서 선택적 복지를 지향하고 있음을 보았다. 정치권에서는 표가 많은 쪽을 따라가는 성향이 있다.

젊은 학부모들의 대부분은 모든 학생이 일률적으로 급식을 제공받는 보편적 복지를 위해 데모를 벌이기도 했다. 나는 솔직히 처음에는 이해하기 어려웠다. 그런데 차츰차츰 이해를 돕는 얘기들이 흘러나왔다. 가령 학교급식에서 선별적으로 가난한 학생에게 급식하면 가난하다는 것이 드러나기 때문에 자존심이 상한다는 것이다. 또 하나는 부잣집 자식도 돈 자랑 하지 말고 학교에서 주는 급식을 먹으라는 심보다. 즉 부자와 가난한 자가 표시되지 않도록 하여 자식의 자존심을 살리겠다는 것이다. 참으로 거룩하고 한심한 발상이다. 자식에게 가난함을 숨기는 것보다는 솔직하게 드러내는 부모가 많았으면 좋겠다. 그런 부모의 자식은 언젠가는 부자가 된다고 나는 믿는다.

4

홀로 왈츠를 추며

구지문학관(龜旨文學館) 건립에 대하여

문학관은 문학 작가의 작품과 유품 따위를 전시하고 문학적 가치를 보존하여 문학의 발전에 이바지할 목적으로 세운 건물을 말한다.

문학관 건립 주체에 따라서는 크게 두 가지 종류가 있다. 작가 문학관과 지역 문학관이 있다. 먼저 작가 문학관을 살펴보면 토지 문학관, 동리. 목월 문학관, 이효석 문학관, 황순원 문학관, 이육사 문학관, 청마 문학관 등이 있으며, 지역 문학관도 경남문학관, 마산문학관, 대구문학관, 제주문학관, 목포문학관 등 수없이 많다. 이에 반해 김해지역은 이천 년 전 고대 가야국의 도읍지이며 인구 53만의 대도시임에도 불구하고 어떤 문학관도 없는 실정이다.

문학관 건립에 드는 사업비 출연은 건립 주체에 따라서 달라진다. 작가 문학관은 대부분 작가의 재단에서 출연한 데 비하여 지역 문학관은 지방자치단체의 재정으로 건립하고 있다. 따라서 건립비 출연 주체에 따라서 운영 주체도 달라진다. 작가 문학관은 작가재단에서 운영하는 반면 지역 문학관은 지방자치단체의 위임을 받아 지역 문인협회에서 운영하는 경우가 많다. 그러므로 김해지역 문인 대부분은 특정 작가 문학관보다는 현재 문학 활동의 편의를 취할 수 있는 지역 문학관 건립을 원하는 편이다.

구지가(龜旨歌)는 특정인의 작품이 아니고 승(僧) 일연이 지은 『삼국유사(三國遺事)』 권2, 「가락국기(駕洛國記)」에 나오는 노래이며, 신에게 김수로왕의 강림을 비는 주술적 노래로서 우리나라 문학의 효시라고 볼 수 있다. 따라서 가락국기에 실린 구지가 가사 내용 하나만으로도 정부 또는 김해시에서 문학관을 건립해야 하는 필요성을 충족하는 데 충분하다고 본다.

다음은 구지문학관 설립을 위한 필자의 소견을 제시하고자 한다.

첫째, 구지문학관은 구지가가 특정인의 작품은 아니지만 전해오는 문학작품이므로 박물관적 작품 문학관이면서 또한 지역 문학관으로 건립해야 한다고 본다. 그 건립의 당위성은 앞서 언급한 바와 같이 구지가는 우리나라 문학의 효시라고 볼 수 있으며, 문학사적 세계사 자료로도 충분하다고 생각되므로 정부 또는 지방자치단체에서는 최우선 재정투자사업으로 책정하고 추진해야 할 과제라고 생각한다.

둘째, 정부는 구지문학관을 건립하면 전시할 자료가 부족하므로 문학관 건립을 지원할 수 없다는 주장을 한다고 들었다. 이는 작가 문학관처럼 작가의 문학 활동과 작품을 보관 전시하는 박물관적 문학관을 생각하기 때문이 아닌가 싶다. 구지문학관은 박물관적 문학관의 성격도 있지만 이천 년 오랜 뿌리에서 시작하여 앞으로도 계속 문학의 발전을 돕는 미래지향적 공간이 되어야 할 것이다. 그러기 위해서 김해시 관련 부서에서는 지역 문학관과 관련된 옛 서간문, 시화, 농요 가사, 오광대 가사, 민속놀이 등의 시나리오를 수집하여 문학관을 설립할 때까지 도서관 창고에 임시 보관하도록 하고, 김해문인협회에서는 작고하신 문인들은 물론 현재 활동하고 있는 작가들의 작품도 수집해서 도서관에 임시 보관해야 할 것이다. 최근 들어 지역 문인들이 활발하게 작품집을 발간하고 있어 이 또한 구지문학관의 좋은 자료가 될 것이다.

셋째, 문학관 건립 위치를 구지봉 기슭에 세우면 좋겠지만 현재 그곳의 공간은 협소하므로 해반천 변 농지를 이용하거나 아니면 생림면 도요리 쪽의 강변에 세우면 재정적 부담은 크게 줄이면서도 김해시의 위상과 품격을 갖추는 문학관 건립이 가능할 것으로 생각된다. 재정적으로 어려우면 시립도서관의 한 공간을 〈구지관〉으로 하는 것도 우선은 괜찮을 것 같다는 생각이 든다.

모든 문화와 산업의 발전은 이야기에서 출발한다. 상상과 희망이 이야기로 표현되어 결국은 비행기를 띄우고, 우주 로켓을 쏘아 올렸다. 이야기는 문학이다. 그러므로 문학 발전의 공간을 만드는 일이야말로 지역발전의 근간이 됨을 우리 모두 확실히 알아야 할 것이다.

결론적으로 거듭 말하지만, 김해시의 구지문학관은 우리나라 문학의 효시를 보존하는 박물관적 가치는 물론, 지역민의 사랑방 역할과 문학의 발전을 돕는 미래지향적 공간이 되므로 이제는 더 이상 미뤄서는 안 될 과제라고 본다.

(2022.11.08.)

‘가’ 번 받고 딱 한 번 당선

한 종류의 선거가 아니고 광역단체장, 광역의원, 광역의원 비례대표, 기초단체장, 기초의원, 기초의원 비례대표, 여기다가 교육감 선거까지 7종류의 선거를 동시에 시행하는 전국동시지방선거에서 무소속으로 출마하는 행위는 시골이 아닌 도시의 경우 그야말로 아무 소득 없는 어리석은 일이란 것을 2006년도 전국동시지방선거에서 뼈저리게 느꼈다.

2010년 전국동시지방선거에서 또 낙방해서는 안 되겠다고 생각하고 우리 시 갑 구역 국회의원 K씨를 찾아갔다. 그는 나의 얼굴을 대하자마자 정당이 다른 을 구역 C 국회의원에게 공천부탁을 하지 왜 자기를 찾아왔느냐고 고함을 질렀다. 그러거나 말거나 꾹 참고 나는 본시 좌파 사람이 아니고 우파 성향의 사람이니 믿고 공천해달라고 부탁하고 나왔다. 그 결과 한나라당 공천은 받았으나 〈가〉 번과 〈나〉 번을 두고 경쟁을 벌여야 했다.

2010년부터 기초의원 선거는 중선거구제를 도입하였다. 한 선거구에서 2~4명 정도의 의원을 당선시키므로 한 정당에서 한

명만 공천하는 것이 아니고 한 정당에서 정당 번호에다 가, 나, 다 번호를 부여하여 복수 공천을 해왔다. 가, 나, 다 기호는 광역시도 단위의 공천심사위원회가 아닌 시, 군 지역협의회에서 별도로 부여해 왔다.

당선자의 통계를 보면 〈1-가〉는 〈1-나〉보다 선거에서 훨씬 유리하며, 당선율은 90% 이상이라고 한다. 그러므로 〈가〉 번을 받기 위한 경쟁은 치열하다.

가, 나, 다 기호를 부여하는 데 결정적 영향을 미치는 사람은 지역구의 협의회 회장인 국회의원이다.

2006년도 당시 내가 출마하는 김해시 을 지구의 국회의원은 한나라당이 아니고 민주당이었다. 덕분에 사무국장의 주도하에 당원들이 투표하여 〈가〉 번과 〈나〉 번을 결정했다. 나는 상대 후보보다는 조금 빨리 활동한 덕분에 〈가〉 번을 받을 수 있었다. 만약 당시 김해지역 을 지구에 한나라당 국회의원이 있었더라면 나는 선거를 깨끗하게 접었을 것이다. 〈가〉를 받으려면 그것에 상응하는 대가를 치러야 한다는 소문을 들었기 때문이었다.

나는 한나라당 〈1-가〉 번으로 공천받고 김해시의회 제6대 의원으로 당선되었다. 재선을 위해서 지역구 주민들에게 술밥을 사고 경로당 어르신들을 자주 찾아뵈어야 하는데 나는 지역구보다는 김해시의원으로서 김해지역 전체에 대한 책무를 확실히 해야겠다는 생각으로 임했다.

제일 먼저 착수하고자 한 일은 시장의 업무추진비에 대하여 살펴보고자 했는데 함께 일할 동료의원을 찾지 못해 나 혼자의 생각에 그치고 말았다.

두 번째는 장유 신도시를 농촌 행정인 면 행정에서 도시행정 체제인 동 지역으로 전환하는 일이었다. 도시지역임에도 불구하고 농촌지역의 면 체제로 그대로 둔다는 것은 불합리하다고 판단했다. 따라서 장유면 전체 〈리〉를 〈동〉으로 승격시키고 행정동은 청사확보 문제로 우선 3개 동으로 만들 것을 적극 제안했다. 그 결과 2013년 7월 1일 자로 법정 주소에서 장유라는 이름은 사라지고 〈리〉는 〈동〉으로 승격되었다. 이 일이 순조롭게 진행된 것은 이 일을 결정하는 김해시의회 하반기 자치행정 위원장에 내가 당선되었고, 김맹곤 김해시장의 생각과 내 생각이 잘 맞았기에 결실을 이룬 것이다.

그 후 2012년 총선에서 우리 지역 선거구에 내가 속한 정당의 출마자가 국회의원으로 당선되었으며, 나는 이 일로 인하여 당이 다른 시장과 친하다는 이유로 민주당의 간첩이라는 의심을 받았다. 2014년 전국동시지방선거에서는 〈1-다〉의 번호를 받았다.

내가 속한 정당의 지역협의회서는 우리 정당의 시의원 출마자가 많이 당선될 수 있도록 신규 출마자에게는 〈1-가〉 번을 주고, 선거에 유리한 현직 시의원은 〈1-다〉 번을 준다고 말했다. 전혀 타당하지 못한 말은 아니라고 보지만, 현역 의원이었던 나로서는 납득하기 어려웠다.

기회가 균등하지 못한 조직과 사회는 지속적인 발전을 거듭할 수 없음에도 별 무리 없이 운영되고 있는 것은 이 정당뿐만 아니라 다른 정당도 비슷한 수준이기 때문이 아닌가 싶다.

지금은 그들의 하는 짓이 측은하게 보인다.

꼭두각시가 사는 집

지방정치는 외교, 국방 등의 업무를 다루지 않으므로 지방정부에서 이념을 따지며 편 가를 일은 없다고 본다.

한때 복지행정에서 선별적 복지와 보편적 복지를 두고 어느 것을 선택할지를 두고 다투었던 때가 있었다. 이런 문제도 양대 정당이 있었기 때문에 초래되었다고 본다. 만약 양대 정당이 없었다면 극단적인 선택보다는 대상자와 예산을 고려하여 합리적인 대안을 마련했을 거라고 본다. 정당공천으로 당선된 의원들은 다음에 또 공천받기 위해서 중앙의 정당 이념에 따라 행동할 수밖에 없다.

국회의원 총선 때마다 단골 공약 메뉴가 있다. 지방공직자 공천제도를 폐지하겠다는 말이다. 그런데 선거가 끝나면 어느 당 누가 그런 말을 했는가 싶을 정도로 자취를 감춘다.

2024년 총선에서 '지방의원공천폐지'라는 공약이 또 나올지 주목된다. 지방선거가 다가오면 공천을 빌미로 거래를 할 수 있고, 총선이 다가오면 표몰이를 해줄 일등 일꾼을 버리고 싶은 국회의원이 얼마나 있겠나 싶다. 만일 지방공직자 공천제를 없애면 지역구에 내려올 때마다 다음 선거를 위하여 지역의원을 찾아 뵙고 절을 하는 풍경이 연출되지 않을까 싶다.

전국동시지방선거에서 기초자치단체 의원 선거는 중선거구제를 시행하고 있다. 유권자들은 벌써 몇 차례나 투표를 한 경험이 있음에도 기호가 1-가, 1-나, 1-다, 또는 2-가, 2-나, 2-다 등의 기호가 있다는 것을 모르는 사람들이 많다. 기호가 1번이든 2번이든 "가" 번호를 받으면 선거운동 기간에 방 안에서 잠을 자도 당선되는 실정이다.

전국동시지방선거 투표장에 가면 교육감, 광역단체장, 광역의회 의원, 광역의회 의원 비례대표, 기초단체장, 기초의회 의원, 기초의회 의원 비례대표 등 총 7장의 투표용지를 받는다. 이때 기초의회 의원 선거는 대부분 자신이 좋아하는 정당의 "가"에 투표하기 때문이다. 투표소에 가기 전에 시, 군, 구의회 의원은 1-나 또는 2-나, 2-다를 투표하겠다고 마음으로 정하고 투표장에 가는 사람은 불과 얼마 되지 않는다. 이런 식으로 투표하는 백성이 상당히 많다는 사실이다.

공천은 정당의 공천심사위원회에서 정하지만 가, 나, 다의 번호를 부여하는 것은 그 지역구 국회의원 또는 시, 군, 구 당협의회 회장이 정한다고 해도 과언이 아니다. 그러므로 "가" 번을 받기 위해 당해 지역 국회의원에게 충성을 다하는 실정이다.

이런 제도하에서 올바른 인재가 지방정치권에 들어서는 것은 사실상 어렵다고 본다. 가끔 젊은 사람이 공천받고 출마하는 경우가 있다. 젊은 피를 수혈했다고 무조건 반기는 유권자도 많다. 이때는 출마한 젊은이가 성공한 젊은 사람인지 아니면 부모의 음덕으로 출마했는지에 대하여 조심스럽게 살펴볼 필요가 있다.

출마자는 자신이 속하는 정당의 이념이나 정강·정책을 공부하여 유권자들에게 홍보하고 지지를 바라는 노력보다는 국회의원의 눈에 벗어나지 않도록 애를 쓰고 있으니 한심한 실정이다. 그러므로 지방공직자 정당공천제는 폐지되어야 한다.

이대로 계속 정당공천제를 실시하면 유능한 인재는 정치권에서 사라지게 되어 있다. 정당공천제의 장점은 많지만, 정당공천제를 잘 운용하는 자는 찾아보기가 힘들다. 국회의원 전부가 그렇다는 것은 아니다. 기회를 균등하게 부여하고 공천을 심의하는 올바른 국회의원은 드물기에 하는 말이다.

지방선거의 정당공천제는 누구를 위한 것인가!!!

지방 공직선거에서의 정당공천 제도는 정당과 국회의원의 꼭

두각시가 사는 집이다. 꼭두각시는 자신의 주군에게는 충성하는 일꾼이지만 지역 주민을 위한 일꾼으로 보기는 어렵다.

진정으로 지역 주민을 위해 일하는 참일꾼을 선출하려면 정당 공천 제도는 폐지해야 함이 옳다.

의원은 세경 안 받는 재능기부자로

의정활동은 각처에서 성공한 사람들이 모여 재능기부방식이면 참 좋겠다. 선거에 출마할 때 직업란에 정당인이라고 쓴 것을 자주 보았다. 정당인이 무슨 정치를 할 것인지 묻고 싶다.

이런 제안을 못마땅하게 생각하는 사람들은 나를 보고 기초자치단체 의원을 그것도 한 번밖에 하지 못해서 하는 말이라고 할 것이다. 전부는 아니지만 대체로 의정활동을 제대로 하는 의원이 나의 눈에 비치지 않아서 하는 말이다. 그리고 대부분의 의정활동은 비서관에 의해서 이뤄지는 것으로 알고 있다.

지방의원들은 평소 친한 지인이 발언문을 만들어 주는 경우가 있고 담당 공무원이 발언 원고를 만들어 주는 일도 있다고 들었다. 내가 느끼고 바라본 것들이 사실이라면 지방의원을 비롯한 국회의원까지 의정활동 수당을 최저인건비 수준으로 책정하는 것이 바람직하다고 본다.

의정활동 수당을 최저인건비 수준으로 맞추면 능력이 있는 사람이 의원을 하겠다고 나서는 사람이 없지 않겠나 하는 걱정은 기우라고 생각한다. 활동 수당을 전혀 받지 못한다고 하더라도 능력 있는 사람 중에 할 사람은 차고 넘친다고 본다.

김해시립 장유도서관에 근무할 때 있었던 사례다. 강사료를 전혀 받지 않을 테니 강의를 맡겨달라고 요청하는 사람이 몇몇 있었다. 나도 마찬가지다. 한 푼도 받지 않고 대학에서 강의하라고 청이 들어오거나 지방의회에서 의정활동을 하라고 하면 쾌히 받아들일 것이다. 하물며 국회의원직을 맡기면 두말할 필요 없이 영광스럽게 받아들일 것이다.

의원직이 생계를 위한 직업이 되면 공익보다는 사욕을 챙기는 마음이 더 강해진다고 본다. 돈을 안 주면 이권 개입에 가담하는 의원이 많을 거로 생각하는 것도 나는 우습게 보인다. 아무리 활동비를 많이 주어도 돈에 눈이 어두운 사람은 욕심을 내기 마련이다. 옛말에도 견물생심이란 말이 있고 가진 자가 더 가지고 싶다는 말이 있지 않은가. 결국 근본적 품격에 따라 처신도 다르다는 말이다.

나는 생활반경이 좁은 만큼 만나는 사람도 그리 많지 않지만, 만나는 사람들은 다들 내 생각과 비슷하다. 국회의원에게는 입법권, 국정 질의권, 국정감사권 외에는 어떠한 권력도 특권도 주어서는 안 된다고 생각한다. 권력을 가지면 물욕도 생긴다. 최저인건비만 받고, 사람이 좋아서 사람을 위하여 일하는 사람만 국회에 있으면 좋겠다. 그렇게만 되면 대통령도 함부로 할 수 없을 것 같다.

선거 교육, 초등부터

선거는 어떤 조직이나 단체에서 미리 정해진 규정에 따라 선출하는 행위를 말한다. 그러므로 사람들이 다양하게 살아가는 사회에서 선거는 자유민주주의 사회를 유지하는 근본이다. 따라서 어린 시절부터 선거에 관한 교육이 필요하다고 본다.

"요즈음 유권자들의 수준이 얼마나 높은지 아느냐?"고 말하는 사람들이 많다. 그렇게 말하는 사람 중에 선거 유인물을 제대로 보고 판단하는 능력을 갖춘 사람은 드물다. 지인이나 자식의 말을 듣고 이번에는 몇 번을 찍어야 한다고 결정하는 사람이 수없이 많다. 그렇다고 젊은 사람이 나이 많은 분들보다 많이 아는 것도 아니다. 파고들면 제대로 아는 사람은 드물다는 말이다.

선거 유인물을 보고 판단할 수 없다면 관상이라도 볼 줄 알아야 하는데 환갑을 넘긴 사람도 출마자의 관상을 보고 됨됨이를 모르는 사람이 많다. 겉만 보고 어떻게 사람을 평가하느냐고 말하는 사람은 사람을 보는 안목이 부족한 사람이다.

생긴 모습과 품성이 다르다고 말하는 것은 잘 못 보았기 때문이다. 마흔이 되면 자기 얼굴에 대하여 스스로 책임져야 한다는 말이 있듯이 그 사람의 얼굴은 그 사람의 인격을 담고 있어서 속이려야 속일 수 없다.

모르는 것은 그것뿐만이 아니다. 시의원은 무엇을 하며, 교육감은 무엇을 하는지도 모르면서 투표하는 사람도 많다. 당선자는 자기 자신이 똑똑해서 당선되었다고 생각하면 그 당선자는 잘 모르고 투표하는 유권자 수준과 다를 바 없다고 본다.

그러므로 선거는 왜 필요하며, 어떤 사람을 선출해야 하는지를 알아야 한다. 그렇게 되려면 선거와 관련된 제반 사항을 알아야 하므로 어릴 때부터 선거에 관한 교육이 필요한 것이다.

선거에 참여하는 행위는 투표다. 투표하기 위해서는 제일 먼저 선거관리위원회에서 각 가정에 우편으로 보낸 선거 유인물을 보고 투표할 출마자를 선정하는 일이다.

선거 유인물의 두 번째 페이지는 출마자의 공보 내용이 게재되어 있다. 여기에는 출마자의 성명, 직업, 학력, 주요 경력에 대한 인적 사항과 납세실적, 병역 사항, 전과기록 등이 기록되어 있다. 선거 교육은 여기에 실린 내용을 보고 판단할 수 있는 능력을 길러주자는 것이다.

예를 들면, 직업과 학력, 주요 경력을 보면 어떤 분야에서 일을 잘할 수 있는지를 판단할 수 있다. 납세 실적과 채무 사항은 납세의무를 잘 이행하고 있는지를 판단할 수 있고, 동시에 소득세 납부 실적을 통하여 직업의 유무와 경제 능력을 알 수 있다.

재산은 많은데 소득세 납부 실적이 없는 젊은이는 사회적으로 성공한 것이 아니고 부모의 재력으로 출마했다고 의심해 볼 수도 있다. 전과기록을 통해서는 출마자의 준법정신을 알아볼 수 있다. 선거공보물은 선거관리위원회에서 검증한 내용이므로 출마자를 직접 만나지 않더라도 자신에게 적합한 자가 누구인지를 결정할 수 있는 정보를 제공해 준다.

이 외에도 선거에 참여하려면 우리나라 정당별 이념과 강령도 알아야 하고, 기초자치단체 의회 의원 선거의 경우 가, 나, 다의 기호는 어떻게 선정되는지도 알아야 한다. 따라서 선거 관련 사항들이 평소 몸에 배도록 초등학교부터 선거 교육이 필요하다.

끝으로 선거 결과를 받아들이는 정신도 중요하다고 본다. 선거 결과를 받아들이는 것은 결국 상대방을 배려하며 민주주의를 실천하는 정신이기 때문이다. 우리 사회는 다양한 사람들이 살고 있다. 서로를 인정하고 이해하는 정신은 살기 좋은 민주사회를 만드는 데 필요한 기본 소양이라고 생각된다.

모난 돌의 행진

정치도 모르면서 정치판에 뛰어들었다. 망조가 시작되었다. 1975년 5급을(현 9급) 공무원 공채에 합격하고, 무궁화 배지를 다는 순간부터 나도 군수가 되고자 했는데, 지방자치단체장이 임용직에서 선거직으로 변한 바람에 부득이 2006년 2월 28일 자로 김해시청에서 사직하고 나왔다. 사람들은 철밥통을 왜 버리느냐고 빈정거렸지만 나도 시장이 되고 싶어서 사직했다.

2006년 6월 전국동시지방선거에서 김해시의회 의원으로 출마한다고 하니 평소 시민들을 위해 봉사활동을 한 적도 없는 사람이 선거에 출마하느냐고 비웃었다.

나는 처음 이 말을 듣는 순간 깜짝 놀랐다. 의정활동이 어떤 일인지도 모르는 사람들이 어떻게 의원을 선출할까를 생각하니 출마하겠다고 공직을 떠난 일이 후회스러웠지만 그때는 이미 어쩔 수 없었다.

지역사회 봉사활동과 의정활동은 아무 관련이 없음에도 불구하고 봉사단체에서 활동하는 대부분의 사람은 아주 밀접한 관련이 있다고 말한다. 봉사단체는 회원들이 모은 회비 일부분을 가난한 학생에게 장학금으로 지급하고 사진 찍어서 신문에 게재하고, 가끔은 하천이나 거리 청소를 하기도 한다. 이런 활동을 깎아내리는 것은 아니지만 지역사회의 엘리트라고 생각하는 사람들이 지역사회 봉사활동이 자치단체의 의정활동과 아주 밀접한 관련이 있다고 생각하는 것 같았다.

지역사회 봉사활동과 의정활동은 상호 밀접한 관련이 있다면 차라리 법규로 정해두고 출마자에게 일정한 지역사회 봉사경력을 사전에 쌓도록 하는 것이 바람직하다고 본다.

나는 주변 지인들에게 공무원 생활 그 자체가 봉사가 아니냐고 했더니, 공무원 생활은 봉급을 받고 법규에 따라서 일한 것이므로 봉사활동이라고 할 수 없다고 했다.

나의 공직 생활은 근무 시간에 한정되지 아니하고 퇴근한 후에도 계속되었다. 어떻게 하면 농촌에서 사는 농민들의 소득을 증대시킬 수 있을까를 고민한 결과 농산물무역센터 설치를 제안했고, 문화예술을 누릴 수 있게 하려면 어떻게 해야 할지를 고민한 결과 김해의 연지공원 수변데크에서 버스킹을 했으며, 예술단체를 시골 마을로 순방하여 공연토록 하였다. 그 사람들 말처럼 봉급을 받고 그 액수만큼 일했다고 하더라도 출마하는 자치단체의 공무원 경력이야말로 의정활동을 할 수 있는 가장 적합한 경력이 아닌가 생각되었다. 아무튼 대부분의 시민은 나에게 표를 던지리라고 생각하고 출마 선언을 하였고 선거사무실을 차렸다.

주민들은 내가 공천신청을 하지 않고 순수한 무소속으로 출마했다고는 생각하지 않는 것 같았다. 무소속은 대부분 낙마하기 때문에 어리석은 짓은 하지 않을 거로 생각한 듯싶다. 지역유지들은 화분을 보내왔다. 그러다 공천발표가 나고, 내가 순수한 무소속 출마인 것을 알고부터는 발길이 뚝 끊겼다.

중선거구제 시행으로 4명을 뽑는데 12명이 출마를 했다. 경쟁률은 3:1이지만 결과는 확실한 예측을 할 수 있었다. 원래 김해 지역은 우파:좌파가 6:4로 나타나기 때문에 2명은 우파, 1명은 좌파, 그리고 노동자들이 많아서 1명이 나올 것으로 보였다.

시민들이 벽보를 쳐다보면서 세 번째 번호까지만 겨우 눈길을 주었고, 또 하나는 투표용지에서 나는 8번째이므로 사람들의 손이 8번까지 내려가지 않는다는 것을 예측할 수 있었다.

투표 결과는 예측한 대로였다. 우파 공천자 4명, 그리고 좌파 공천자 3명 뒤에 8번째 득표자로서 38,153표 중 1,362표를 받았다. 사람들은 처음 무소속으로 출마했는데 1,000표 이상을 받았다는 것은 의외라고 했다. 나는 이 말을 듣고 또 한 번 놀랐다.

광역자치단체장, 광역의원, 광역의원 비례대표, 기초단체장, 기초의원, 기초의원 비례대표, 교육감 등 7개 선거를 동시에 시행하는 지방선거에서는 투표용지에 나오는 이름의 순위가 매우 중요하다는 것도 알았다. 이런 것도 사전에 파악하지 못하고 선거에 출마한다는 것은 어리석은 일임을 느꼈다.

그리고 2년 후인 2008년 경상남도의회 의원 보궐 선거에 무소속으로 또 출마하게 되었다. 무소속의 한계를 알고 열린우리당 C 의원으로부터 공천의 약속을 받았는데 결국 뒷거래가 없어서인지 일방적으로 약속을 지키지 않기에 하는 수 없어서 또 무소속으로 나간 것이다. C 의원은 2006년 지방선거 시작하기 전 우리 마을 회관에 와서 어르신들 앞에서 김근호 씨는 경남도의원으로 출마하고 같이 동석한 K는 김해시장으로 출마후보자라고 말하면서 인사를 하라고 하기에 황당했지만, 고무된 기분으로 어르신들께 잘 부탁한다는 인사를 올렸었다. 그 결과 김해 갑지구 한나라당 소속 K 의원에게는 김근호는 C의 사람으로 낙인되어 버렸다. 따라서 C 의원은 나에게 두 번이나 치명타를 날린 셈이다.

다시 2008년 선거로 돌아간다. 이때는 어느 정도 희망이 있었다. 왜냐하면 전국동시지방선거처럼 투표용지를 일곱 장 받는 것이 아니고 한 장을 받기 때문에 투표자가 여유롭게 아래위를 보고 선택하기 때문이다. 선거 결과는 기대치에 미치지는 못했지만 5명 출마하여 무소속으로 19.81% 득표로 3위를 했다.

선거운동 방법 바꾸면 좋겠다

국민에게 필요한 유능한 인재에게 선거에 출마할 기회를 주려면 현행 선거운동 방법을 개선해야 한다고 본다.

첫째는 가정마다 배포하는 후보자 정보 공개자료를 개선해야 한다. 전국동시지방선거의 경우 기초의원, 기초의원 비례대표, 광역의원, 광역의원 비례대표, 기초단체장, 광역단체장, 교육감 등 모두 7개 선거가 있으며, 출마자마다 6~10페이지나 되는 선거공보물을 모으면 한 보따리 가득하다. 이 공보물을 모두 읽어 보는 사람은 극소수일 것이다. 들은 소문에 의하면 받은 공보물을 몽땅 쓰레기통에 버리는 사람이 더 많다고 한다.

선거공보물의 내용을 보면 대체로 선거명, 정당과 기호, 인물 사진, 구호, 경력, 학력 등이 소개되고, 다음 페이지는 후보자 인적 사항 등 정보 공개 자료가 게재되어 있는데, 이는 선거관리위원회에서 검정한 자료이므로 충분히 믿을 수 있는 자료다. 문제는 다음 페이지부터다. B4용지 4쪽 내지 6쪽에 달하는 용지에 후보자 출마의 변과 공약이 작성되어 있다. 이 내용을 후보자 자신이 기획하는 경우는 드물다. 기획부터 편집까지 대부분 전문가의 손에 의한다. 그러다 보니 공보물을 제대로 작성하고 3만 부가 넘게 만들어 배포하려면 1천만 원이 넘는다. 따라서 젊은이가 부모의 도움 없이 출마하려면 사실상 어려운 실정이다.

가끔 신문 지상이나 TV 또는 여러 사람 모임에서 "어느 선거구에는 젊은이가 나왔다더라." "정치에는 젊은이의 피가 수혈되어야 한다."라는 등의 얘기를 들을 때가 있었다. 나는 그분들의 말을 듣고 출마한 젊은이들을 분석해 본 결과 대부분 부모의 재력 위에서 출마했음을 알 수 있었다.

우리가 필요로 하는 진짜 유능한 인재가 부담 없이 출마할 수 있도록 하려면 후보자가 작성하는 유인물은 없애고, 선거관리위원회에서 검정한 선거공보물만 배포하도록 해야 할 것이다.

선거비용이 많이 소모될수록 부조리의 유혹에서 벗어나기 힘들다. 그러므로 현행의 선거공보물을 없애고 그 대신 선거공보물 2페이지에 나오는 사항을 선거관리위원회에서 전체 후보자의 정보 공개 자료를 1권의 책자로 만들어 배포하는 것이 바람직하다고 본다. 여러 권의 책보다는 서로 비교하기 쉬운 두 페이지의 정도의 공보물이 여러 면에서 효과적이라고 본다.

둘째는 선거 운동용 차량 운용을 폐지해야 한다. 소음이 너무 심하다. 일정한 장소에서 연설하는 후보자는 드물고 녹음 또는 녹화된 내용을 달리면서 고음으로 방출함으로써 내용을 전달하기보다는 유세하고 있음을 보여주는 역할만 한다. 이 또한 임차료가 천만 원이나 되므로 재력이 약한 사람은 출마하지 못하도록 하고 있다.

차량을 폐지하는 대신 학교 운동장 등에서 옛날처럼 후보자 전원을 모아서 출마의 변을 듣는 방식을 택하면, 서로를 비교하는 효율적 방법이 될 것이다. 연설 순서는 무소속부터 시키거나 아니면 번호 뽑기를 하는 방법으로 해도 좋을 것 같다.

달콤한 과일이 열리게 하려면 밭에 거름을 주어야 하듯이 유능한 인재를 선출하려면 선거운동 방법을 다듬어야 한다. 가진 것이 없어서 출마 여부를 고민하는 일은 없으면 좋겠다.

나만 모르는 사실

2014년 6월 30일, 김해시의원을 끝으로 당원들과 어울리는 일이 없었으므로 그들의 눈에는 전혀 활동하지 않는 사람이라고 낙인이 찍혔다. 나 자신도 더 이상 정치에 몸을 담지 않으려고 했는데 2019년도 연말에 발생한 우한 코로나 사태를 겪으면서 지방의원들이 주민을 위하여 하는 일이 없다는 것을 느끼고 내가 모범을 보여야겠다는 생각에서 2022년 6월에 실시하는 전국동시지방선거 경상남도의회 의원 선거에 출마하기로 마음을 정했다.

2021년부터 나름대로 준비했다. 따지고 보면 선거전략 같은 것은 쓸데없고 중앙당의 바람을 타고 시·군 협의회장과 눈을 맞춰야 하는데 나는 주변 사람들을 붙잡고 내가 소속된 정당에서 대통령이 당선되어야 하며, 내가 도의원이 되면 할 수 있는 일에 관하여 얘기를 했었다. 지금 생각하면 순진하기 짝이 없고 내가 왜 그렇게 어리석었나 싶다. 그러니 결과는 너무나 뻔한 일이었다.

주민들과 소통하고 어떤 사람을 대통령으로 선출해야 한다는 등의 얘기는 정작 내가 공천을 받는 데는 아무 소용 없는 일이었다. 국가적으로 또는 대통령 후보자에게는 나 같은 사람이 꼭 필요하지만 지역협의회 회장에게는 전혀 도움이 안되는 사람이었다.

마침 2022년 전국동시지방선거를 함에 있어 당시 이준석 당 대표는 의원으로서 최소한 갖추어야 할 소양과 의정활동 능력을 검정하는 시험을 치게 하여 그 결과를 반영한다고 발표하였다. 아무리 정당이 썩어도 시험성적이 좋고 주민들로부터 자질을 인정받으면 공천받을지도 모른다는 작은 희망이 있었기에 공천신청서를 만들고 경남도당 국민의힘 공천심사위원회에 서류를 제출하였다.

드디어 공천심사위원회가 열렸다. L 국회의원이 위원장석에 앉았고 낯선 두 명이 좌우에 앉아 있었다. 국회의원인 L 위원장이 먼저 나에게 질책했다.

"김근호 씨는 2006년도 전국동시지방선거 때 한나라당에 공천신청을 하고 공천 결과에 대하여 어떠한 경우에도 받아들이겠다고 해놓고 탈락한 후에 무소속으로 출마했는데 그때 왜 약속을 지키지 않았죠?"

나는 이 말을 듣는 순간 모든 것이 끝났구나 싶었다. 그리고 L 위원장과 좌우에 앉아 있는 심사위원이 갑자기 불쌍하게 보였다. 저런 사람들에게 평가받으려고 공천신청서를 제출했나 싶었다.

"저는 2006년 전국동시지방선거 때 어느 당에도 소속되지 않았으며, 능력만 있으면 당선된다고 생각하고 순수한 무소속으로 출마를 했던 사람입니다."라고 말했더니 "아 그래요." 하고 쑥 들어가 버렸다.

공천에 탈락하면 어떠한 일이 있어도 무소속으로 출마하지 않을 것을 서약하지만, 대부분 무소속으로 출마하고 있다. 김근호도 당연히 약속을 지키지 않는 그런 사람과 동일인으로 취급한 L 의원을 나는 용서할 수 없다. 지금도 그때를 생각하면 치가 떨린다.

공천심사위원회가 개최되기 전에 시군협의회장의 의견을 반영하여 공천한다는 방송국 뉴스를 듣는 순간 공천대상자는 이미 정해져 있는 것과 다름없다는 짐작은 했지만, 속된 말로 짜고 치는 고스톱이라고까지는 생각하지 않았다.

공천심사에서 탈락했다는 아무런 통지가 없어 국민의힘 직원에게 내가 공천에서 왜 탈락하였는지 물었더니 당을 위해 활동한 실적이 부족해서 탈락되었다고 했다. 그가 말하는 당을 위한 활동 실적이란 무엇인가를 물어보려다가 나 자신이 너무 비참한 것 같아서 입을 다물고 말았다.

그나마 불행 중 다행이랄까 나는 경선대상자 속에도 들지 않아서 무소속으로 도의원에 출마는 할 수 있었다.

그리고 유세차에 올라타고 외쳤다.

“지방선거에서 공천제는 없애야 한다”라고.

선거 결과는 통계수치와 같은 성적이었다.

나는 지방정치에 대한 글을 자신 있게 쓰기 위해서 총 5회의 선거에 출마하였고, 그중에 3회는 무소속으로 출마하였다.

다른 사람 다 아는데 나만 모르는 사실을 알기 위하여 너무 비싼 값을 치렀다. 사람들은 나를 바보라고 했다. 그것도 별난 바보라고.

양파 같은 사람이어야

부산광역시와 경상남도는 일본과 가장 가까운 지역이다. 일본 후쿠시마 원전 오염수를 어떻게 처리하여 바다에 방류하는지는 잘 모르지만, 바다를 삶터로 하는 어민들은 여러 가지로 걱정하는 바가 클 것이다. 이것은 어제 오늘 일어난 일이 아니며 수년 전부터 야기된 일이다. 그런데도 여기에 대한 의원들의 의정활동은 느낄 수 없었다.

지역민들의 애로사항을 살피고, 의회 차원에서 전문가들을 초빙하여 세미나를 개최하고 그 결과를 중앙정부에 제시하여 국가적 차원에서 대안을 마련하도록 했어야 할 일이다. 실제로 많이 고민하고 해결하려고 노력했는지는 알 수 없지만 적어도 내가 느끼기에는 아무런 노력도 하지 않은 것으로 보인다.

도대체 의원들은 무슨 생각을 하며 무슨 일을 하는지 의심스럽다. 주민들의 살길보다는 다음 선거에서 또 당선되는 방법만 생각하는 사람들이 아닌가 싶다.

국회의원도 그렇고 기초자치단체를 포함한 지방의원들은 선거구에서 당선되었지만, 그 선거구만의 의원이 아니다. 예를 들면 바다와 원거리에 있는 선거구에서 당선된 의원도 경상남도 의회 의원이므로 경남도민을 위하여 일해야 한다. 그런데도 자신의 선거구에 관한 일에만 관심을 가지며, 다른 지역구의 일은 남의 일처럼 생각하는 것같이 보인다.

내가 김해시의회 의원으로 재직할 때도 이와 비슷한 사례가 있었다. 김해시 구 장유면은 신도시 조성으로 도시행정을 해야 함에도 고등학교 대입 특례제도 및 부동산 양도세 감면 혜택을 누리고자 농촌 행정을 주로 하는 면 체제를 고집하고 있었다. 인근 칠산서부동은 농업진흥구역 내에 있는 진짜 농촌임에도 도시행정인 동 체제임을 고려하면 형평성이 없는 것이다. 따라서 지역구가 장유면이 아닌 다른 지역 출신 의원들이 장유면의 불합리한 행정 체제를 들고 일어나야 하는데, 어느 한 의원도 장유면은 없애고 장유면 리를 동으로 승격시켜야 한다고 말하는 이가 없었다.

장유면민들은 다른 지역에 비하여 특혜를 입고 있다는 것은 말하지 아니하고 도시행정인 동 체제로 변하는 것을 반대했다. 나는 이러한 생각은 이기적이라고 보고 다음 재선에 실패하더라도 김해시 전체를 고려하여 장유면은 없애고 장유면 이 단위를 동 단위로 승격시켜 도시행정 체제로 가야 한다고 적극 주장했다. 농촌지역이 아닌 사실상 도시지역의 고등학생이 대입 특례 혜택을 누리는 학생은 소수에 불과하고, 또한 이는 장려할 일이 아니라고 생각했다.

한편 문화시설을 확보할 수 있는 계기를 마련하고 행정복지센터를 세 곳에 설치하면 주민 생활편의 제공 등 교양프로그램의 향유 기회도 대폭 늘어남을 염두에 두고 주장했다.

당시 김맹곤 김해시장은 나와 당적은 달라도 서로 뜻이 맞아 결국 2013년 7월 1일 자로 장유면 리를 동으로 승격시키고 행정동은 예산 및 인구수를 고려하여 우선 3개소의 동사무소를 개소했다. 그 결과 나는 민주당의 간첩으로 몰리기도 했다.

당선만 되면 코빼기도 안 보인다고 말하는 유권자들이 많다. 따라서 의원들은 다음 재선을 위하여 지역구만 챙기는 현상이 나타나는 것 같다. 모름지기 의원은 한 번만 하더라도 바른말에만 귀를 기울이고 자신의 선거 구역뿐만 아니라 전체 지역의 애로사항도 적극 관심을 가져야 한다고 본다.

돈은 직장이나 사업을 해서 벌고, 오로지 공익을 위하여 일했으면 좋겠다. 의회는 여러 사람이 모여 의결하는 곳이라서 나 한 사람 정도 없어도 된다는 생각으로 의정활동은 등한시하고 행정의 변두리에서 재물을 탐내는 사람이 되어서는 곤란하다. 아무리 벗겨도 흰 살이 보이는 양파처럼 아무리 벗겨도 사욕은 보이지 않는 양파 같은 의원이야말로 진정한 우리의 대변자요 건강한 일꾼이다.

지방의원들은 법령의 범위 안에서 조례를 제정하므로 활동 범위도 제약받는다. 그러나 국회와 중앙정부에 주민의 뜻이 정책에 반영되도록 건의할 수 있다. 얼마든지 활동반경을 넓혀서 일할 수 있음에도 그렇게 노력하는 의원들은 드문 것 같다. 양파 같은 의원이 많아야 국력이 튼튼해지는데.

(2023. 8. 31. 새길병원 입원실에서)

규제와 보상

코로나바이러스19 감염 확산을 예방하기 위하여 정부는 국민을 통제하고 있다. 이것은 평소 국민을 존중한다고 말하는 것과는 상반된 행위다. 통제는 국민 스스로 사고와 행위가 보통 사람의 수준에 미치지 못하다고 보는 데서 나온다.

정부가 평소 국민의 신뢰를 얻고 있다면 코로나 감염자 수를 매일 매일 정확하게 보도만 하여도 사람들은 자신의 건강을 지키기 위해 스스로 노력할 것이다.

아주 극소수지만 보통 수준 이하의 몇몇 사람들이 절대다수의 사람들에게 미치는 영향이 클 것으로 우려될 때 국민에 대한 정부의 통제는 충분히 이해된다. 그러나 특정 집단이나 특정인을 상대적으로 불리하게 통제하면 사회적 갈등이 야기되므로 매우 신중할 필요가 있다고 본다. 예를 들면 버스보다 복잡한 지하철은 그대로 두고 덜 복잡한 버스만 사회적 거리 두기를 더 심하게 실시하는 것 등이다.

어쩔 수 없이 정부에서 통제나 규제(도시계획법, 농지법 등)를 할 경우에는 이에 상응하는 보상이 충분히 수반되어야 한다.

최근 한 예를 들면, 빚까지 긁어모아 1억 원에 가까운 자산으로 노래방을 개업했는데 개업한 지 한 달도 못 되어 '2단계 사회적 거리 두기'라는 행정명령으로 영업을 못 하게 된 사람들이 있다. 이 주점 주인의 처지에서 보면 "여러 사람을 위하여 당신은 희생해야 한다."라는 말로 들을 수 있다고 본다.

나 자신이 없으면 이 우주가 내 것이라 한들 무슨 소용이 있으랴. 바꾸어 말하면 여러 사람을 위해서 희생하는 것도 나 자신이 온전해야 의미가 있다는 말이다. 즉 권력자는 다수를 위해 한 사람이라도 불행하게 해서는 안 된다는 말이다. 그러므로 정부는 규제한 만큼 그 피해에 대하여 충분히 보상해야 한다.

한편 다수의 건강을 위하여 일부 몇 사람의 희생을 초래하는 것은 어쩔 수 없다고 예사로 말하는 사람들이 많다. 만약 희생자 중 한 사람이 자신이라면 강 건너 불 보듯 하는 사람은 아무도 없을 것 같다. 그러므로 이제 우리는 코로나바이러스 19로 피해를 보는 자를 위해 성금을 모아야 할 때라고 본다.

한편 정부가 보상하는 과정에서 나로서는 이해할 수 없는 일이 있었다. 보상하는 그해에 허가받거나 신고를 득하고 행하는 영업행위는 보상에서 제외된 일이다. 예를 들면 주점 영업행위를 두 달 전에 허가받고 코로나로 인하여 영업행위를 못 한 경우는 손해를 사정할 수 없어 보상할 수 없다는 것이었다.

주류의 매입비용과 재고액만 계산하여도 그 앞 달의 두 달 평균과 비교하면 계산이 바로 나오는데 영업규제로 인한 차액을 계산할 수 없다는 말은 납득이 어렵다. 이렇게 소극적으로 일하는 공무원을 닦달하고 주민들과 소통하고 애로사항을 반영해야 할 사람들은 시민들로부터 선출된 의원들과 자치단체장이다. 그들 중 한 사람이라도

"여러 사람을 위하여 규제받는 그들에게 보상해야 한다."

"그들은 우리 시민들을 위하여 영업장 문을 닫았다."

"정부도 희생당한 자들을 위하여 예산을 반영하고, 우리 시민들도 성금을 모아 규제받는 자들을 도와야 한다."라고 외치는 사람을 보았는가?

우리가 뽑은 선출직 공직자들은 누구를 위하여 일하고 있는가.

홀로 왈츠를 추며

김해시청에 재직할 때 〈교환의 사랑을 넘어야〉라는 수필집을 발간하고부터 해외에 문학작품을 번역하여 출판하면 좋겠다고 생각하게 되었다. 책을 통하여 우리나라의 문화를 알리면 이를 계기로 한국에 찾아올 수도 있다는 생각이 들었다. 생각이 여기까지 이르자 어떻게 하면 출판할 수 있는가를 생각하게 되었고, 결국은 한국번역원이 있다는 것을 알게 되었다. 그러나 이곳은 개인에게 번역비와 출판비를 받지 아니하고 국가 예산으로 번역하여 출판한다고 했다. 베스트셀러 작품이거나 이미 국내에서 유명한 작가가 아니면 번역하거나 해외에 출판할 수 없다고 했다. 결국 나 같은 사람의 글은 국내에서만 불과 몇몇 사람이 읽어보다가 사라지는 것이다.

김해군청 7급 시절에 외국어를 할 줄 몰라 농산물을 외국에 수출하지 못하는 농민들을 위하여 농산물무역회사를 설립해야 한다고 제안했던 일이 생각났다. 맞다. 외국어에 능숙하지 못한 작가들을 위하여 번역비를 받고 해외에 출판해 주는 〈한국문학

해외 출판센터〉를 김해시 문화재단에 단위 사업체로 설립하면 좋겠다고 생각하게 되었다. 그러나 당시 6급 행정주사로서 이 일을 건의하고 시행하는 데는 한계를 느끼고 철밥통 공직에서 나왔다.

의회 의원이 되어 집행부에 압력행사를 하면 진행이 가능할 것 같아서 2006년 지방선거에 무소속으로 출마했다. 낙선하고 시민의 한 사람으로서 당시 K 시장에게 건의하였으나 받아들여지지 않았다.

나는 이 일을 꼭 하고 싶어 2010 지방선거에서는 정당 공천을 받아 출마하여 시의원이 되었다. 당초에 계획했던 일은 〈한국문학해외출판센터〉인데 욕심이 좀 생겨 〈문화상품무역센터〉로 시에 제안했다.

뉴밀레니엄 시대는 문화의 시대라고 말하면서도 구체적인 콘텐츠를 준비하는 일은 찾아보기 힘들었는데 우리 시는 문화무역센터를 설치하여 장군차, 진례분청자기, 가야금연주 등을 상품화하여 세계에 널리 알리고, 이와 동시에 한국 문학작품을 유료로 번역하여 세계에 출판하는 일을 하자고 제안했다.

김해시 공무원들은 의원인 나에게 대놓고 반항하지는 못하고 지역구 일은 소홀히 하면서 황당한 짓거리만 지어낸다고 은근히 흘리고 다녔다. 사실 동료의원들도 문화상품 따위는 관심이 없었다. 결국 나는 한 걸음 물러나서 문화상품 전체를 다루는 문화무역센터는 차제로 돌리고 먼저 추진하기 쉬운 〈한국문학해외출판센터〉부터 설치하기로 결심했다.

국립창원대학교 영문학 교수는 아주 멋진 아이디어라고 하시면서 적어도 번역에 관한 부분은 적극 돕겠다고 하셨다. 그리고 한국번역원에서는 번역 인재는 물론 해외 출판에 따른 행정적인 일도 적극 돕겠다고 하셨다. 마지막으로 김해시청 관련 공무원들을 만났다. 역시 추측한 대로 시청은 말이 안 통했다. 기초지방자치단체에서는 담당할 인재도 없고 세계적으로 보아도 이와 유사한 행정기구가 없어 시작하기가 부담스럽다고 말했다. 나도 공무원 출신이지만 가만히 있어도 월급 나오는데 애써 일할 사람이 어디 있겠나 싶었다. 심지어 김해문인협회 회장도 나의 제안을 이해하려 하지 않았다.

시의원 생활도 그럭저럭 2년을 넘기고 하반기에는 자치행정위원회 위원장이 되었다. 시장님도 나를 인정하시는 것 같고, 관련 국장도 그제야 움직이기 시작했다. 경남개발연구소에 한국문학해외출판센터의 운영에 대하여 용역을 의뢰한 것이다. 의회 자치행정 위원장의 등쌀에 못이겨 하는 척 제스처를 취한 것이었다.

나는 그 결과를 예측하였다. 그곳 연구회 연구원들이 무얼 안다고 용역을 맡기는가 싶었다.

결국 어느 한 곳도 믿을 데가 없어 시청 관련 부서를 통하여 문화상품무역센터에 대한 포럼 개최를 제안하였다. 제안자 설명에서 문화상품무역센터의 개념과 관련 사업에 대하여 설명하고, 일시에 모든 사업을 추진하기보다는 먼저 추진하기 쉬운 한국문학 해외출판센터부터 설치하자고 말했다. 구체적으로 번역 작품 접수 대상은 우리 김해지역이 아니고 대한민국 문학작품이라고 분명히 말했는데 참석한 사람들은 자꾸만 우리 지역에 번역할 작품이 얼마나 되느냐고 빈정거렸다.

김해문인협회 회장이라는 자는 2억만 김해문인협회에 주면 좋은 작품이 많이 나온다고 말했다.

국내 작가들의 작품을 유료로 해외에 출판하는 일을 돕겠다는 사업을 설명했는데 돈 주면 좋은 작품을 만들겠다고 말했다. 초등학생도 아니고 문인협회 회장이라는 사람으로부터 동문서답을 들으니, 소통이 어렵다는 생각이 들었다. 아무 소득 없이 포럼은 끝났다.

그 후 2014년 6월 30일 자로 시의원 임기는 끝이 나버리자, 홀로 왈츠를 추던 무대에도 막이 내렸다.

■ 에필로그

쉰 살부터 칠순까지 보람 있었던 날도 있었지만, 후회스러운 날이 더 많았다. 그중에서도 기억에 남는 일들을 이번 기회에 마무리하고 새로운 삶을 살고자 정리해 보았다. 남에게 보여주고 인정받고 싶어 쓴 글은 아니지만 그동안 나로 인하여 스트레스 받은 사람들에게 미안하다고 사과드리고 싶다. 사람마다 생각이 달라서 그랬노라고 이해하여 주시면 좋겠다.

앞서 말했듯이 이 책은 그동안 나의 모든 것을 쓴 글은 아니고 앞으로의 살날에서 조금이나마 이정표가 되는 글을 모았다. 이제는 나위에 서 있는 기둥이 삭아서 집이 무너져도 괜찮다는 생각이 든다. 튼튼한 주춧돌 위에 새집이 세워지면 더 좋겠다.

이제는 나도 정을 몇 번 더 만나서 둥근 돌이 되어 사랑하는 사람과 함께 그저 바람이 부는 대로 부드럽게 굴러가고 싶다. 그러고 보니 나는 여전히 욕심이 많은가 보다.

2023년 9월 6일

젤미 푸르지오 서실에서

지은이 김근호